Klarant Verlag

Jan Olsen ist das neue Pseudonym eines seit 1991 in verschiedenen Genres erfolgreichen Schriftstellers. Jan ist mit einer Hebamme verheiratet, hat drei inzwischen erwachsene Kinder und darf sich seit Kurzem auch Großvater nennen. Als Kind des Nordens ist er der Nordsee mit all ihren rauen und lieblichen Facetten besonders zugetan und ließ kaum eine Ferienzeit verstreichen, ohne diese Gestade mit seiner Familie zu besuchen. Auch heute noch stehen Ferien an der Nordsee jedes Jahr auf dem Programm. Seine Vorliebe für die Nordsee und die dort lebenden Menschen kann er in seinen Ostfrieslandkrimis nun nach Herzenslust ausleben.

Jan Olsen

Die Leiche auf dem Krabbenkutter

Ostfrieslandkrimi

Klarant Verlag

Kapitel 1

Hafenmeister Marten Böhm nahm die Elbseglermütze vom Kopf und fuchtelte wild damit in der Luft herum. Der Kapitän des Krabbenkutters *Greetchens*, der seinen rotgestrichenen Kahn von der westlichen Seite des Hafenbeckens herkommend zu den Liege-plätzen herübersteuerte, ließ kurz das Signalhorn erschallen, um Böhm zu bedeuten, dass er ihn bemerkt und seine Geste verstanden hatte.

Der Greetsieler Hafen war in den warmen Schimmer eines sommerlichen Morgens getaucht und wirkte nahezu verwaist. Zu dieser frühen Stunde lagen die Übernachtungsgäste des Fischerdorfes meist noch in ihren Betten, und auch der Ansturm der Tagestouristen würde noch geraume Zeit auf sich warten lassen. Böhm war zurzeit der Einzige, der sich auf der Kaianlage aufhielt, auf der zu anderer Stunde Scharen von Schaulustigen müßig auf und ab flanierten. In Momenten wie diesem wirkte der Greetsieler Hafen auf Böhm nüchtern und funktional. Im eigentlichen Sinne handelte es sich bei dieser Anlage ja auch um einen Industriehafen. Die Krabbenfischer gingen hier Tag und Nacht ihren Tätigkeiten nach, die von den Gezeiten außerhalb des tidenunabhängigen Hafens stark beeinflusst wurden. Was vielen Gästen wie eine romantische Kulisse anmutete, war für die vermeintlichen Darsteller dieses beindruckenden Arrangements mit harter, routinierter Arbeit verbunden. Die Touristen machten den Fischern das Leben oft nicht gerade leicht, da sie sinnierend überall herumstanden, Fotos schossen, mit großen Augen staunten oder leidenschaftlich über das Gesehene debattierten. Beschweren taten sich die Fischer darüber nicht, denn die Gäste waren ihnen durchaus nicht lästig. Im Gegenteil, die Touristen bedeuteten Einnahmen, außerdem schmeichelte es den meisten Fischern, dass ihre Arbeit bei den Besuchern so viel Staunen und Aufmerksamkeit hervorrief.

Die *Greetchens* schob sich mit tuckerndem Dieselmotor langsam an den Kai heran, wo Marten Böhm auf seinen Einsatz wartete. Der Fang des Krabbenkutters war beim Löschplatz in der Nähe der Slipanlage zuvor entladen worden. Und weil dort bereits der nächste Kahn auf seine Abfertigung wartete, hatte die *Greetchens* den Platz freimachen müssen. Jetzt ging der Kutter längsseits und stupste mit den alten Autoreifen, die außen an der Bordwand festgebunden waren und als Fender dienten, sachte an die Kaimauer. Hanno, der Sohn von Fred Wolf, der im Führerhaus stand und den Kutter mit geübter Hand steuerte, warf Böhm das Tau zu. Der Hafenmeister fing den Tampen auf, wickelte ihn gekonnt um den Poller und legte einen fachmännischen Knoten.

»Ihr habt Glück, dass ihr noch 'nen Platz in erster Reihe gekriegt habt!"«, rief Böhm dem Kapitän zu, der aus dem geöffneten Seitenfenster des Steuerhauses herüberschaute. Aus Platzmangel mussten die Kutter oft parallel zueinander an den Liegeplätzen festmachen, aber niemand lag mit seinem Boot gern in zweiter Reihe, da beim Verlassen dann umständlich über den Nachbarkahn hinweggestiegen werden musste, um an Land oder aber zurück an Bord zu gelangen. Außerdem mussten die Taue losgemacht werden, wenn der Kapitän des Kutters, an dem man festgemacht hatte, es sich in den Kopf gesetzt hatte, außerplanmäßig zu einer Fangfahrt aufzubrechen. Da war es nur ein schwacher Trost, dass während der Querung des Nachbarn mit diesem ein gemütlicher Plausch abgehalten werden konnte. Denn eigentlich war man ja zum Arbeiten und nicht zum Plaudern hier.

Fred Wolf verzog das wettergegerbte Gesicht. »Ich wäre schon froh gewesen, wenn du mich nicht in der Nähe dieses Kahns da hättest anlegen lassen«, rief er mürrisch und deutete mit einem abfälligen Kopfnicken zu dem Kutter hinüber, der vor dem Bug der *Greetchens* am Pier lag. »Die veranstalten mir da zu viel Heckmeck!"«

Böhm nickte verstehend. *Garnell 1* stand in schnörkeligen Lettern am Bug des von Fred gemeinten Krabbenkutters geschrieben, der komplett in frischem Königsblau gestrichen war. Die Ausleger des Kahns waren senkrecht aufgestellt, und das an Ketten hängende Fanggeschirr mit den Netzen daran sah niegelnagelneu aus. Vor Kurzem hatte dieser Kutter noch einen anderen Namen getragen und einen bräunlichen Anstrich gehabt, der von Rostflecken zerfressen gewesen war. Die Netze waren löchrig gewesen und das Zugseil mit den Rollen hätte dringend überholt werden müssen. Doch kürzlich hatte eine Filmproduktionsfirma den alten Krabbenkutter ordentlich herausgeputzt, damit er vor der Kamera einen tadellosen Eindruck machte. Ob diese Verschönerungsmaßnahmen mehr als nur eine optische Aufhübschung darstellten und zusätzlich noch die Funktionstüchtigkeit dieses altgedienten Kahns verbessert hatten, wagte Böhm zu bezweifeln. Den Leuten von FineClip, wie die

Produktionsfirma hieß, kam es nur auf den schönen Schein an und nicht darauf, ob der Kutter, auf dem gedreht wurde, auch tatsächlich seetüchtig war.

»Ist doch ein guter Liegeplatz«, ging Hanno scherzend auf die Bemerkung seines Vaters ein. »Wenn die *Greetchens* bei einem Kameraschwenk zufällig ins Bild kommt, können wir unseren Kutter demnächst womöglich in einem Werbefilm bewundern.«

Fred winkte ab. »Dat bedütt mi nix«, behauptete er, wobei er ins Plattdeutsche verfiel. Erneut blickte er von seiner erhöhten Position im Steuerhaus aus zur *Garnell 1* hinüber. So früh am Morgen ließ sich allerdings kein Mitglied der Filmcrew am Drehort blicken. Das war gestern, am ersten Drehtag, auch schon so gewesen. Die Herrschaften bequemten sich erst nach einem ausgiebigen Frühstück zur Arbeit.

Plötzlich reckte Fred den Hals und spähte angestrengt zu dem königsblauen Kutter hinüber. »Mensch, Marten – da liegt jemand!«, rief er und zeigte mit ausgestrecktem Arm. »Zwischen Auffangbehälter und Sortiermaschine schauen Beine hervor. Frauenbeine, wenn mich meine Augen nicht täuschen!«

Böhm krauste die Stirn. »Womöglich gabs gestern an Deck der *Garnell 1* noch 'ne Party, und diese Frau schläft bloß ihren Rausch aus.«

»Ich wüsste davon, wenn's im Hafen eine Party gegeben hätte«, kommentierte Hanno.

Fred schüttelte skeptisch den Kopf. »Ne, Marten. Mit der stimmt was nich. Sie hat auch nur einen Schuh an.« Er wandte sich dem Hafenmeister zu. »Du sullst liekers mol naugucken.«

Böhm gab sich einen Ruck und ging zur *Garnell 1* hinüber. Mit einem Sprung überwand er den Spalt zwischen Kaimauer und Bordwand und näherte sich dann der Sortiermaschine, einem kastenförmigen, hüfthohen Apparat. Nun sah er die Frauenbeine ebenfalls. »He, Sie da, schlafen Sie?«, rief er im Näherkommen, erhielt jedoch keine Antwort.

Beunruhigt blieb der Hafenmeister stehen. Die Frau, die auf den polierten Deckplanken lang ausgestreckt auf dem Rücken lag, sah aus, als wäre sie gestürzt und nicht bei Bewusstsein. Das lange schwarze Haar umgab wirr ihren Kopf und bedeckte das Gesicht, das halb von Böhm abgewandt war. Am Hinterkopf schien das Haar nass geworden zu sein, die Strähnen waren verklebt.

»Fräulein!«, sagte Böhm mit belegter Stimme, denn die Sache kam ihm nicht geheuer vor. Er kniete sich neben der Liegenden hin, berührte sie an der Schulter, rüttelte sanft daran. Aber die Frau rührte sich nicht und gab auch keinen Laut von sich.

»Das ist Blut da auf den Planken neben ihrem Kopf!«

Der Hafenmeister zuckte erschreckt zusammen. Vorwurfsvoll blickte er zu Hanno auf, der, von ihm unbemerkt, an Bord gekommen war und hinter ihm stand. »Musst du mich so erschrecken, Junge?«, fragte er vorwurfsvoll.

»Sieh nach, ob sie noch lebt!«, forderte Hanno aufgebracht.

Widerstrebend schob Böhm seine Hand zwischen das Haar der Frau, um an ihrem Hals nach einem Puls zu tasten. Dabei rollte der Kopf der Fremden zur Seite und die Strähnen gaben ein anmutiges Gesicht frei, das von dem Weiß der gebrochenen Augen grausig entstellt wurde.

Entsetzt zog Böhm die Hand zurück.

»Die … die habe ich schon mal gesehen«, keuchte Hanno mit rauer Kehle. »Sie gehört zur Filmcrew.« Das Gesicht des jungen Fischers wirkte jetzt erschreckend bleich. Wie hypnotisiert starrte er die Frau an. Im nächsten Moment riss er sich von dem Anblick los, wandte sich ab, würgte und beugte sich vor. Dann erbrach er sich vernehmlich.

Böhm klammerte sich an der Sortiermaschine fest, während er sich aufrichtete, denn seine Knie zitterten. Er nahm die Mütze vom Kopf und sah die Tote betrübt an. »Ich werde besser die Polizei rufen.« Er fasste Hanno mitfühlend am Arm. »Gehen wir, bevor du hier noch alles vollkotzt.«

*

Hauptkommissarin Ruth Fasan stieg von ihrem Fahrrad ab und lehnte es an den Dalben, der zwischen der *Garnell 1* und der Kaimauer mehrere Meter aus dem Wasser ragte. Anschließend ordnete sie ihr dunkles, lockiges Haar, das vom Fahrtwind ein wenig zerzaust worden war.

Der Anruf von der Polizeidienststelle in Emden hatte sie noch vor dem Klingeln ihres Weckers aus den Träumen gerissen. Nachdem sie sich angehört hatte, worum es ging, hatte sie eine eilige Katzenwäsche absolviert, sich aufs Rad geschwungen und war von ihrem Deichhaus aus zum Hafen aufgebrochen. Die Fahrt den Deich entlang hatte nur wenige Minuten gedauert, aber vollkommen ausgereicht, um auch den letzten Rest von Müdigkeit aus ihrem Körper zu treiben, sodass sie jetzt hellwach und konzentriert war.

Wenn die Wache in Greetsiel nicht besetzt war, was um diese frühe Morgenstunde durchaus vorkam, wurden eingehende Notrufe zur Dienststelle in Emden weitergeleitet. Dort war rund um die Uhr mindestens ein Beamter zugegen, der Anrufe entgegennahm. Bei den Kollegen war Ruths private Telefonnummer hinterlegt, sodass sie, wenn erforderlich, vom Diensthabenden benachrichtigt werden konnte. Und genau das war an diesem Morgen geschehen, nachdem in Emden der Anruf des Greetsieler Hafenmeisters eingegangen war und er von einer leblosen Person auf einem der Krabbenkutter berichtet hatte.

»Moin.« Ruth nickte dem jungen Mann freundlich zu, der mit verschränkten Armen vor der *Garnell 1* stand. Er trug eine derbe Cordhose und ein Fischerhemd. Den Kleidungsstücken war anzusehen, dass eine ereignisreiche Fangfahrt auf einem Krabbenkutter hinter ihnen lag. Der Fischer wirkte entsprechend abgekämpft, aber auch ein wenig niedergeschlagen, wie Ruth zu erkennen meinte. Während er ihren Gruß erwiderte, zitterte seine Stimme. Mit seinen hellblauen Augen sah er sie aufmerksam an.

»Sie sind Hauptkommissarin Ruth Fasan, richtig?«, fragte er.

»Das haben Sie messerscharf kombiniert«, gab Ruth freundlich zurück. »Und wer sind Sie, wenn ich fragen darf?«

»Hanno Wolf«, erhielt sie zur Antwort. Mit einem fahrigen Kopfnicken deutete er zur *Greetchens* hinüber. »Meinem Vater gehört der Kutter dort drüben. Er hat die Leiche entdeckt.«

Ruth sah kurz zu dem Krabbenkutter hinüber. Ein Mann mit wettergegerbtem Gesicht und schwieligen Händen, ebenfalls in die Kluft eines Fischers gekleidet, reinigte mit einem Wasserschlauch gerade ein Sieb. Er verrichtete seine Arbeit ruhig und routiniert. Unaufgeregt nickte er der Hauptkommissarin zu, ein typischer Ostfriese, der sich auch von einer Leiche auf dem Nachbarkutter nicht aus der Ruhe bringen ließ.

»Ich passe hier auf, damit kein Unbefugter die *Garnell 1* betritt«, erläuterte Hanno nun. »Es sollen ja schließlich keine Spuren verwischt werden.« Er verzog bedauernd den Mund. »Schlimm genug, dass Herr Böhm und ich auf dem Deck herumspaziert sind.«

»Sehr umsichtig«, lobte Ruth. Sie ließ den Blick die Kaianlage entlangschweifen. Schließlich entdeckte sie den Hafenmeister am anderen Ende des Piers. Er half, einen Krabbenkutter am Ufer festzumachen, und hatte die Hauptkommissarin anscheinend noch nicht bemerkt. Offenbar waren gerade mehrere Boote von der Fangfahrt in den Hafen heimgekehrt und mussten abgefertigt werden, eine Arbeit, die Marten Böhm voll vereinnahmte.

»Dann werde ich mir die Sache jetzt mal ansehen«, sagte Ruth an Hanno gerichtet. »Sie dürfen jetzt zu Ihrem Vater zurückkehren.«

Hanno schüttelte fahrig den Kopf. »Der kommt auch ohne mich zurecht. Viel lieber würde ich Ihnen ein wenig bei der Arbeit über die Schulter sehen.«

Ruth zog eine Augenbraue in die Stirn. »Stehen Sie mir aber nicht im Weg.«

»Sie werden mich gar nicht bemerken«, versprach Hanno. Mit einem federnden Sprung wechselte er hinüber zur *Garnell 1*. Galant reichte er Ruth die Hand, die sie nach kurzem Zögern ergriff, um sich von dem jungen Mann an Bord helfen zu lassen.

»Hier entlang«, sagte er und deutete zu den hüfthohen Metallkästen hinüber. »Herr Böhm hatte angenommen, die Frau könnte bloß ihren Rausch ausschlafen. Aber auf der *Garnell 1* hat gar keine Party stattgefunden.«

»Und das wissen Sie, weil?«, erkundigte sich Ruth, während sie in die angegebene Richtung ging.

»In Greetsiel spricht es sich unter den jungen Leuten schnell rum, wenn irgendwo eine interessante Fete steigt«, erläuterte Hanno.

»Waren Sie denn nicht mit Ihrem Vater auf Fangfahrt?« Ruth hatte die Aufbauten erreicht und ging neben der reglosen Gestalt in die Hocke.

»Wir sind um halb elf Uhr abends aufgebrochen«, berichtete Hanno, der einige Schritte entfernt stehen geblieben war und nervös an seiner Hosennaht nestelte. »Da war auf der *Garnell 1* aber schon nichts mehr los. Weder gab es Dreharbeiten noch eine Afterparty.« Er seufzte. »Hätte mich auch maßlos geärgert, wenn's anders gewesen wäre. Aber so hats mir nichts ausgemacht, aufs Meer rauszumüssen.«

Ruth besah sich den Hinterkopf der Frau genauer. Der Schädelknochen war in einem faustgroßen Bereich zertrümmert und das Haar nicht bloß von Blut verklebt, sondern auch von anderen Körperflüssigkeiten, die aus der Wunde ausgetreten waren.

»Diese Frau gehört zu den Filmleuten«, sagte Hanno. »Ich habe sie gestern bereits auf dem Set beobachten können.«

»Kennen Sie ihren Namen?«, fragte Ruth, während sie vorsichtig die Taschen der Leiche durchsuchte und darauf achtete, die Lage der Toten nicht zu verändern.

»Ne«, sagte Hanno und kratzte sich am Hinterkopf. »Die lassen nur ihre eigenen Leute und die Statisten in die Nähe des Drehortes. Bisher hatte sich keine Gelegenheit ergeben, die Schauspieler näher kennenzulernen.«

»Sie gehört also zu den Darstellern?«, hakte Ruth nach und beendete die fruchtlose Suche nach Ausweispapieren.

»Ich meine, ja«, sagte Hanno.

Ruth erhob sich langsam und sah sich auf dem Deck um. Dabei galt ihr besonderes Augenmerk den umliegenden Ecken und Kanten, an denen sich die Frau womöglich den Kopf aufgeschlagen haben könnte. Der Auffangbehälter und die Sortiermaschine bargen reichlich Gefahren für eine stürzende Person, aber nirgendwo waren Blutspuren zu sehen, die bei einem so heftigen Aufprall mit dem Kopf unweigerlich zurückgeblieben sein müssten.

Hinter einem Maschinenblock fiel ihr Blick dann auf einen etwa tellergroßen Fladen Erbrochenem.

»Das … war ich«, erläuterte Hanno verschämt. »Ich musste mich plötzlich übergeben, als ich die Tote sah.«

Ruth nickte verstehend. »Das ist eine vollkommen natürliche Reaktion.«

»Ich werde das nachher wegmachen«, versicherte Hanno.

»Das werden Sie schön bleiben lassen«, erwiderte Ruth. »Fassen Sie nichts an.«

Hanno musterte die Hauptkommissarin aufmerksam. »Es war kein Unfall, habe ich recht?«

»Sie haben sich also umgesehen?«, stellte Ruth eine Gegenfrage.

»Nur oberflächlich«, beteuerte Hanno. »Aber ich kenne mich auf diesen Kuttern mehr als nur gut aus. Wenn diese Frau durch einen Sturz ums Leben gekommen wäre, müsste es an den infrage kommenden Gegenständen Spuren geben. Mir sind aber keine aufgefallen.«

»Mir auch nicht«, bestätigte Ruth.

11

»Es war also Mord?« Hanno wurde blass um die Nase und seine Lippen zitterten. Zwischen einem eigenen vagen Verdacht und der durch eine erfahrene Kriminalistin ausgesprochenen Gewissheit lag ein himmelweiter Unterschied, der im Gesichtsausdruck des jungen Mannes jetzt seine Spuren hinterließ.

»Es wäre verfrüht, dies abschließend festzustellen«, versuchte Ruth die Situation ein wenig zu entschärfen. Auf der Suche nach etwaigen Spuren, die darauf hindeuten könnten, dass die Tote übers Deck geschleift worden war, suchte sie die Deckplanken mit den Blicken ab. Verdächtiges konnte sie dabei jedoch nicht feststellen, was nicht besagte, dass die Frau an Ort und Stelle ums Leben gekommen sein musste. Womöglich war sie woanders gestorben und anschließend hierhergetragen worden. Sie holte ihr Handy hervor und schoss ein paar Aufnahmen vom Gesicht der Toten.

»Ich habe genug gesehen«, sagte sie dann und bedeutete dem jungen Fischer mit einer Geste, den Kutter zu verlassen. »Meine Kollegen von der Spurensicherung werden sich auf der *Garnell 1* gründlich umschauen«, verkündete sie. »Und Sie werden sich in Zukunft von diesem Krabbenkutter fernhalten, verstanden?«

Hanno nickte und wischte die Handflächen an seiner Hose trocken. Anschließend ging er vor Ruth her und sprang dann hinüber auf den Anleger. Verdattert verharrte er, als er sich plötzlich einem kräftig gebauten Mann mit dunkelblondem Haar gegenübersah, der ihn mit seinen graublauen Augen aufmerksam musterte, dann aber mit dem Arm dienstbeflissen an ihm vorbei langte, um Ruth eine helfende Hand zu reichen.

»Das ist mir jetzt zu viel des Guten, werter Kollege«, beschied Ruth, ignorierte die freundliche Geste und überwand mit weit ausholendem Schritt die schmale Kluft zwischen Bordwand und Kaimauer.

Hagen Reese lächelte verstehend. »Man hat Sie für heute offenbar bereits reichlich mit gut gemeinter Freundlichkeit bedacht«, vermutete er und warf Hanno dabei einen kurzen Seitenblick zu. »Und jetzt muss ich mich diesbezüglich offenbar zügeln.«

»Informieren Sie Dr. Fixlmillner und die Spurensicherung«, wies Ruth ihren Partner kommentarlos an. »Sie werden in Greetsiel dringend gebraucht.« Sie hatte Hagen per Handy kontaktiert, nachdem sie den Anruf aus Emden erhalten hatte. Wie sich dabei herausstellte, hatte Hagen einmal mehr bei seiner Freundin, der

Greetsieler Hebamme Dünya Hennings, übernachtet. Dass es trotzdem vergleichsweise lange gedauert hatte, bis Hagen sich im Hafen eingefunden hatte, ließ Ruth vermuten, dass es ihm schwergefallen war, die behagliche Gemütlichkeit im Bett seiner Freundin gegen einen Aufenthalt im frühmorgendlichen Hafen einzutauschen.

»Es liegt also ein Verbrechen vor?«, hakte Hagen nach und zog sein Smartphone aus der Jackentasche, um sich mit dem Kommissariat in Emden in Verbindung zu setzen.

»Womöglich«, gab Ruth ausweichend zurück und wandte sich dann an den jungen Fischer. »Lassen Sie uns jetzt bitte in Ruhe unsere Arbeit verrichten«, forderte sie ihn auf.

Hanno verstand, dass er wohl störte, zögerte aber dennoch einen kurzen Moment, als wollte er noch etwas sagen. Aber dann wandte er sich ab und kehrte zu seinem Vater an Bord der *Greetchens* zurück.

Während Hagen mit den Emdener Kollegen telefonierte, bewegte sich Ruth ein paar Schritte von ihrem Partner weg, und als sie den Hafenmeister mit seiner Elbseglermütze zwischen einer Gruppe Fischer schließlich ausfindig gemacht hatte, steckte sie zwei Finger in den Mund und stieß einen durchdringenden Pfiff aus. Marten Böhm und die anderen Männer drehten sich der Hauptkommissarin zu, woraufhin sie auffordernd winkte. Böhm setzte eine fragende Miene auf und legte die Hand auf seine Brust. Ruth nickte bekräftigend und winkte erneut. Der Hafenmeister rief den Fischern, mit denen er sich unterhalten hatte, daraufhin ein paar Worte zu und machte sich dann auf den Weg zur Hauptkommissarin. Dabei legte er demonstrativ ein unaufgeregtes, moderates Tempo vor.

*

»Was wünschen Sie denn von mir?«, erkundigte sich Marten Böhm mit höflicher Zurückhaltung.

Ruth Fasan schüttelte dem Mann die Hand und schenkte ihm ein freundliches Lächeln. Sie hoffte, damit die leichte Missstimmung zu vertreiben, die ihr forsches Verhalten in dem Mann womöglich hervorgerufen hatte. Noch immer hatte sie die großstädtischen Verhaltensformen, die sie sich während ihrer langjährigen Tätigkeit bei der Hamburger Kripo angeeignet hatte, nicht komplett ablegen können, wodurch sie bei den Ostfriesen hin und wieder ein wenig aneckte.

»Ich wollte wissen, ob Sie die Leute von FineClip bereits über Ihren Fund auf der *Garnell 1* informiert haben«, sagte sie.

Böhm schüttelte den Kopf. »Ich hatte genug damit zu tun, den heimkehrenden Krabbenkuttern einen Liegeplatz zuzuweisen«, erläuterte er.

»Das trifft sich gut«, gab Ruth zurück. »So habe ich selbst Gelegenheit, die Reaktion der Filmschaffenden auf diese betrübliche Nachricht zu beobachten.«

Böhm schob die Mütze hoch. »Hanno hat mit seiner Vermutung also richtig gelegen?«, sagte er beklommen. »Das junge Ding ist ermordet worden?«

»Das werden wir erst wissen, wenn unsere Untersuchungen abgeschlossen sind«, gab Ruth freundlich zurück. »Aber ob nun Mord oder nicht, dieser Vorfall muss aufgeklärt werden.«

Böhm nickte beipflichtend. »Sie können dabei natürlich auf meine Hilfe zählen.«

»Als Hafenmeister hatten Sie bestimmt einiges mit den Filmleuten zu tun«, mutmaßte Ruth.

»Das können Sie wohl laut sagen!« Böhm wirkte plötzlich genervt. »Der Pressesprecher der Krummhörn ist sicherlich ein fähiger Mann und tut gut daran, den Filmteams eine Zusage zu erteilen, wenn sie bei ihm um eine Dreherlaubnis in Greetsiel nachfragen. Er hat wesentlich dazu beigetragen, dass sich unser malerisches Fischerdorf zu einem beliebten Drehort gemausert hat. In diesem Fall aber …« Er ließ den Satz unvollendet, wiegte jedoch vielbedeutend den Kopf.

»Was genau meinen Sie?«, erkundigte sich Ruth dennoch.

»Ich will mich ja nicht beschweren«, setzte Böhm an, »aber dieser Regisseur macht es Wolfgang und mir nicht gerade leicht.«

Ruth wusste, wen Marten Böhm mit Wolfgang meinte: Wolfgang Wilm war der zweite Hafenmeister, der in Greetsiel ehrenamtlich tätig war. Die beiden Männer verrichteten ihre Arbeit mit viel Herzblut, Leidenschaft und Geduld. Wenn sie mit einer Situation nicht zufrieden waren, musste schon etwas Gravierendes vorgefallen sein.

»Wir sind wirklich bemüht, es diesen Filmleuten recht zu machen und dafür zu sorgen, dass sie im Hafen ungestört arbeiten können. Aber dieser Arne Wohley …« Böhm schüttelte missbilligend den

Kopf. »Der tut, als wären er und seine Schauspieler was ganz Besonderes. Dabei drehen die hier doch bloß 'nen Werbefilm.«

Hagen Reese hatte sein Telefonat mit der Kripo in Emden beendet und gesellte sich zu seiner Chefin. »Wie ich hörte, macht Katharine Selma bei diesen Dreharbeiten mit«, sagte er. »Sie ist eine kleine Berühmtheit.«

Böhm zuckte mit den Schultern. »Und wenn schon. Das berechtigt diese Leute nicht, Wolfgang und mich herablassend zu behandeln. Nur, weil sie für ihre Fahrzeuge für das Hafengebiet eine Durchfahrtgenehmigung bekommen haben, bedeutet das auch nicht, dass sie ihre Autos hier überall kreuz und quer abstellen dürfen. Aber genau das tun sie und blockieren den ganzen Verkehr.« Er seufzte. »Ich bin nur froh, dass die erst so spät mit der Arbeit anfangen. So haben Wolfgang und ich jedenfalls in den frühen Morgenstunden noch unsere Ruhe.«

»Wo hält sich Ihr Kollege denn jetzt auf?«, wollte Ruth wissen, da sie Wolfgang Wilm bisher noch nicht zu Gesicht bekommen hatte.

»Der ist unten beim Löschplatz und beaufsichtigt das Entladen der Krabbenkutter«, berichtete Böhm. Er wandte sich dem Hafenbecken zu. »Da kommt auch schon wieder einer, der seinen Fang abgeladen hat«, sagte er und deutete zu dem sich nähernden Kutter hinüber, der mit seinen Holzaufbauten einen besonders schmucken Eindruck machte. »Ich muss jetzt an die Arbeit«, meinte er und tippte sich gegen die Mütze. »Lassen Sie es mich wissen, wenn ich was für Sie tun kann.« Mit diesen Worten drehte er sich um und eilte auf einen noch unbesetzten Liegeplatz zu, um den Krabbenkutter dorthin zu lotsen.

»Die Kollegen von der Spurensicherung werden in knapp einer Stunde hier eintreffen«, berichtete Hagen.

Ruth sah auf ihre Armbanduhr. »Sieben Uhr dreißig«, sagte sie. »Die Filmleute sollten langsam mal aus ihren Betten kommen, finden Sie nicht auch?«

»Die sind alle im Hotel *Krabbenschere* untergekommen, soweit ich unterrichtet bin«, erwiderte Hagen.

»Eine noble Adresse«, merkte Ruth an. »Der Auftraggeber dieses Werbeclips lässt sich offenbar nicht lumpen.«

Hagen nickte bestätigend. »In der Vergangenheit sind die Filmcrews oft im Dorfgemeinschaftshaus beköstigt worden. Das ist diesem Produzenten aber offenbar nicht fein genug.«

»Worum genau geht es in diesem Werbeclip überhaupt?«, fragte Ruth, die dem Vorhaben bisher nur wenig Aufmerksamkeit geschenkt hatte. Hamburg war unter anderem auch eine Filmstadt, und als gebürtige Hamburgerin begegnete sie dem ganzen Getue, das um das Filmgeschäft gemacht wurde, daher eher mit kühlem Desinteresse.

»Der Film soll Reklame für eine Fischrestaurantkette machen«, erläuterte Hagen. »Die *Garnell-Kette*, um genau zu sein.«

»Darum also dieser seltsame Name.« Ruth deutete auf die verschnörkelten Lettern am Bug des königsblauen Krabbenkutters, auf dem die Leiche entdeckt worden war.

»Benno Garnell, der Inhaber dieser Schnellrestaurants, will in Greetsiel demnächst einen Laden eröffnen, habe ich gehört.«

»Schnellrestaurant?« Ruth zog skeptisch eine Augenbraue in die Stirn. »Klingt eher nicht nach kulinarischer Finesse.«

Hagen zuckte mit den Schultern. »Ich hatte noch keine Gelegenheit, in einem Garnell-Restaurant zu speisen. Es gibt aber durchaus sehr gute Fischschnellrestaurants. Ob die Garnell-Läden dazu gehören, kann ich nicht beurteilen. Einige Greetsieler Restaurantbesitzer sind aber nicht unbedingt glücklich darüber, dass Benno Garnell sich jetzt auch hier breitmachen möchte. Sie befürchten Einnahmeeinbußen.«

Ruth hörte aufmerksam zu. Was sie zuvor privat nur mäßig bis gar nicht interessiert hatte, bekam durch die Leiche der jungen Frau auf der *Garnell 1* jetzt ein viel bedeutenderes Gewicht. Jede Information, die mit dem Filmvorhaben in Zusammenhang stand, könnte zur Aufklärung des Geschehens beitragen.

»Dann werde ich bei den Filmleuten mal auf den Busch klopfen«, verkündete sie und wandte sich ihrem Fahrrad zu.

Hagen verzog verstimmt das Gesicht. »Und was soll ich derweil tun?«

Ruth sah ihn mit gespieltem Mitleid an. »Das können Sie sich doch wohl denken.«

Hagen seufzte. »Ich werde hier Wache stehen und auf die Ankunft der Spurensicherung warten.«

»Sie haben es erfasst.« Ruth schwang sich aufs Rad. »Und lassen Sie es mich wissen, sobald Doktor Fixlmillner Näheres über die Todesursache und den Todeszeitpunkt dieser jungen Schauspielerin herausgefunden hat.« Sie trat kräftig in die Pedale und steuerte ihr Fahrrad auf die Hafenauffahrt zu. Sie musste sich aufrichten und im Stehen fahren, um die steile Steigung der Rampe zu bewältigen und auf die Sielstraße zu gelangen.

Kapitel 2

Behutsam, aber mit Nachdruck klopfte Arne Wohley an die Tür von Katharine Selmas Hotelzimmer. Genau fünf Mal pochte er mit den Fingerknöcheln gegen das Türblatt und wartete anschließend ab, ob auf sein Anklopfen reagiert wurde. Dies wiederholte er so lange, bis ein gereiztes »Ja, was gibt es denn?«, hinter der Tür hervorschallte.

»Es ist jetzt gleich Viertel vor acht!«, rief Arne gegen das Türblatt. »Es war verabredet, dass sich alle um sieben Uhr dreißig beim Frühstücksbüfett zur morgendlichen Besprechung einfinden.«

»Lass mich in Ruhe. Ich fühle mich nicht besonders«, bekam er daraufhin zu hören.

Der Regisseur stieß ein lautes Seufzen aus, von dem er hoffte, dass es bis in Katharines Zimmer drang. »Wir haben keine Zeit, auf deine Befindlichkeiten Rücksicht zu nehmen«, rief er streng. »Der Dreh muss in drei Tagen im Kasten sein. Jede Stunde zählt.«

»Und wenn schon!« Ein trotziger Unterton schwang in Katharines Stimme mit. Arne wusste trotzdem, dass sie nachgeben würde. Er kannte sie lange genug, um das zu wissen, darum wartete er einfach ab.

Tatsächlich wurde auf der anderen Seite der Tür kurze Zeit später der Schlüssel im Schloss herumgedreht. Erneut wartete Arne einen Moment, und weil sich nichts tat, drückte er die Tür schließlich auf.

Katharine hatte sich in ihr Zimmer zurückgezogen. Voll angekleidet saß sie auf der Kante ihres frisch gemachten Bettes. Ihr blond gefärbtes Haar war ordentlich frisiert und auch Schminke hatte sie aufgelegt. Dabei hatte sie darauf geachtet, die Spuren, die ihr fortgeschrittenes Alter auf ihrem Gesicht hinterlassen hatte, nicht übermäßig zu übertünchen. Sie wusste, dass dies nicht mehr zeitgemäß war und lächerlich gewirkt hätte. Dennoch hatte sich Katharine nur schwer mit der Rolle einer würdig gealterten Schauspielerin abgefunden. Es kränkte ihren Stolz, dass ihr Haar graue Strähnen bekommen hatte, und auch mit den Falten um ihre Augen herum haderte sie. Trotzdem war sie bemüht, dem modernen Bild einer reifen Frau zu entsprechen, die sich ihrer Makel nicht schämte, sondern diese als charakterisierende Besonderheiten betrachtete. Zwar widersprach dies dem althergebrachten Schönheitsideal, wie es in der Film- und Modeindustrie teilweise noch immer zelebriert wurde, aber Katharine legte viel Wert darauf, mit der Zeit zu gehen und sich den Neuerungen anzupassen, ehe diese sie überholen und abhängen konnten.

All dies ging Arne durch den Kopf, während er sich mit gemessenen Schritten dem Bett näherte. Dass Katharine sich für den bevorstehenden Tag bereits zurechtgemacht hatte, zeigte ihm, dass im Grunde nichts Schwerwiegendes vorgefallen war. Katharine bedurfte lediglich seines Zuspruchs, um sich dazu aufzuraffen, das Tageswerk endlich in Angriff zu nehmen.

In einem Abstand von einer halben Armlänge setzte er sich neben sie und musterte sie abschätzend von oben bis unten, wie er es meist in solchen Situationen tat. »Sieh dich nur an«, sagte er euphorisch, als betrachtete er ein ihn zutiefst begeisterndes Kunstwerk. »Du wirst heute zweifellos vor der Kamera glänzen!«

Katharine zwang sich ein müdes Lächeln ab. »Das sagst du nur, um mich aufzumuntern.«

Arne nickte bestätigend. »Und weil ich es auch so meine. Ich bin bisher immer ehrlich zu dir gewesen.«

Ihr Kopf ruckte herum und sie starrte ihn mit tränenfeuchten Augen an. »Was ist nur aus mir geworden?«, jammerte sie vorwurfsvoll. »Anstatt in meiner eigenen Fernsehserie zu brillieren, trage ich meine Haut nun für einen simplen Werbespot zu Markte. Für ein schnödes Fischschnellrestaurant!«

»Die Garnell-Imbisse sollen gar nicht so übel sein«, gab Arne zurück, wobei er dem Gesagten einen leicht ironischen Unterton verlieh, von dem er wusste, dass er Katharines Selbstwertgefühl stärken würde, weil sie sich überlegen fühlen konnte.

Ihr Lächeln vertiefte sich ein wenig. »Wie tröstlich«, spottete sie.

»Es hat weder an deiner schauspielerischen Leistung noch an deinem Aussehen gelegen, dass die Landarztserie eingestellt wurde«, beteuerte Arne. »Du hast die Hauptfigur meisterlich verkörpert. Die Drehbuchautoren haben es nur einfach nicht hingekriegt, die Handlung von *Eine Landärztin trumpft auf* den Wandlungen der Zeit entsprechend anzupassen. Aus diesem Grund sind die Einschaltquoten gesunken und die Serie musste eingestellt werden.«

Katharine drehte sich weg und griff nach dem gerahmten Foto, das auf dem Nachttisch stand. Sie ließ die Fotografie auf ihren Schoß sinken und betrachtete das darauf abgelichtete Paar betrübt.

Arne schluckte trocken. »Bitte fang jetzt nicht damit an«, sagte er beklommen.

Katharine presste hart die Lippen aufeinander. »Was er wohl zu meinem Werdegang gesagt hätte?«, fragte sie dann wie zu sich selbst. Obwohl sich alles in ihm sträubte, heftete sich Arnes Blick dennoch auf das Foto. Katharine in jungen Jahren war darauf zu sehen. Sie hatte sich bei einem Mann mit dunklem Haar und Bartschatten im markanten Gesicht untergehakt. Der unbekümmerte, glückliche Ausdruck auf dem Gesicht des Mannes versetzte Arne einen Stich ins Herz, wie jedes Mal, wenn er eine Aufnahme seines älteren Bruders betrachtete. Die Arglosigkeit und das Unwissen um das schlimme Schicksal, das ihm bevorstand, in seinem Antlitz zu sehen, empfand er als grausam und unerträglich.

Obwohl alles in ihm danach schrie, Katharine das Foto zu entreißen, nahm er es ihr dennoch behutsam aus den Fingern und legte es mit der Vorderseite nach unten gekehrt zurück auf den Nachttisch. »Mein Bruder hätte dich geliebt, so wie du jetzt bist«, sagte er rau.

Katharine stieß kaum hörbar Luft durch die Nase aus. »Mein Ehemann war mein heftigster Kritiker«, sagte sie bitter.

Arne erhob sich abrupt. »Weil er dich geliebt hat und nur dein Bestes wollte!«, wurde er nun doch emotional.

Erneut schimmerten Tränen in Katherines Augen. »Er hätte mich verspottet, weil ich dazu degradiert wurde, in einem stinkenden Fischerdorf auf einem abgewrackten Krabbenkutter zu interagieren!«

»Dann hätte Thorsten dir unrecht getan.« Gereizt winkte Arne ab. »Aber ich bin überzeugt, dass er so etwas niemals zu dir gesagt hätte. Außerdem verkennst du die Lage!« Er hob die Arme und zeigte um sich. »Greetsiel ist ein beliebter Drehort. Wir können uns glücklich schätzen, dass der Pressesprecher der Krummhörn und der Ortsvorsteher von Greetsiel uns in allen Belangen unterstützen.«

»Die sind doch nur froh, dass wir nebenbei auch noch für Greetsiel Werbung machen«, zeigte sich Katharine unzugänglich.

»Das hat dieses malerische Fischerdorf gar nicht nötig«, versicherte Arne. »Außerdem diente dieser Ort in der Vergangenheit schon oft als Filmkulisse; und dies sogar für bedeutende Produktionen. 1951 wurden für den Film *Das Lied der Nordsee* etliche Szenen in Greetsiel gedreht. Er erzählt die Geschichte eines jungen Mannes, der in Ostfriesland eine neue Heimat findet.«

Katharine schaute betreten auf ihre Hände, die auf ihrem Schoß ruhten. Offenbar wurde ihr langsam bewusst, wie unangebracht ihr Verhalten war. Dadurch ermutigt, fuhr Arne fort:»Und erinnerst du dich an den Film *Zwei Münchner in Hamburg* von 1989? Der wurde auch teilweise in Greetsiel aufgenommen.«

Katherine nickte kaum merklich.»Zwei bayerische Kriminalkommissare erleben Abenteuer in Hamburg«, gab sie die Handlung in einem Satz launisch wieder.

»*Fischerkinder an der Nordsee*, so hieß der allererste Film, der in Greetsiel abgedreht wurde«, fiel Arne jetzt ein.»Der wurde 1936 produziert, nicht gerade ein Vorzeigejahr, zugegebenermaßen. Aber auch zwei Folgen der Fernsehserie *Pfarrer Braun* hatten Greetsiel als Handlungsort.«

»Und die Otto-Kinofilme«, warf Katharine ein.»In den Filmen von Otto Walkes kommt Greetsiel ebenfalls vor.«

»Und sogar ein Tatort-Krimi spielte in Greetsiel. Ganz zu schweigen von den zahlreichen Dokumentarfilmen, die den Fischerort zum Thema haben.« Arne sah die Schauspielerin aufmunternd an.»Du siehst, es gibt überhaupt keinen Grund, sich dafür zu schämen, an diesem famosen Ort schauspielerisch tätig zu werden. Ganz im Gegenteil!«

Katharine blickte zu ihm auf.»Ich habe mich dumm benommen«, sagte sie reumütig.»Kannst du mir verzeihen?«

»Wenn du dich endlich dazu überwindest, dich gemeinsam mit mir zum Frühstücksbüffet zu bequemen, werde ich es mir überlegen.« Erneut schlug Arne den leicht ironischen Tonfall an.

Katharine lächelte angestrengt, erhob sich nun aber von der Bettkante.»Also schön«, sagte sie schicksalsergeben.»Beginnen wir mit unserem Tageswerk.«

*

Im Speisesaal des Hotels Krabbenschere herrschte munteres Treiben. Viele Mitglieder der Film-Crew umstanden das Büffet, plauderten und bedienten sich an der Auslage. Etliche der Tische waren besetzt, und wie Arne zufrieden feststellte, hatte sich niemand erdreistet, ihm seinen Platz am Kopf der langen Tafel streitig zu machen, die im Zentrum des Saals stand und den Eindruck vermittelte, dass sie früher einmal in einem alten Bauernhaus gestanden hatte.

Katherine ignorierte die Zurufe ihrer Schauspielerkollegen, die an dem wuchtigen Tisch saßen, und begab sich schnurstracks zum Kaffeeautomaten.

Arne atmete innerlich erleichtert durch. Dass Katherine sich zuerst mit Koffein versorgte, anstatt ihren Kollegen vorzujammern, wie schlecht sie geschlafen hatte, wertete er als gutes Zeichen. Er begab sich zum Büffet, um sich mit Frühstücksutensilien zu versorgen. Er verspürte Hunger und brauchte für den bevorstehenden Drehtag im Magen eine solide Grundlage. Er belud sein Tablett und begab sich anschließend an seinen Platz. Das gesamte Interieur dieses Hotels schien aus Antiquitäten zu bestehen. Es herrschte eine gediegene, bäuerliche Atmosphäre, die Arne durchaus ansprechend fand, sodass er bereits überlegt hatte, in den Werbeclip eine Szene einzubauen, die im Speisesaal gedreht werden sollte. Diese Änderung musste er sich allerdings zuvor von ihrem Auftraggeber Benno Garnell absegnen lassen.

Bevor Arne sich setzte, ließ er den Blick durch den Raum schweifen, um zu kontrollieren, ob sich auch tatsächlich alle an seine Weisung gehalten und sich pünktlich zum Frühstück eingefunden hatten. Er sah zum Tisch der Techniker hinüber. Der Kameramann Mischa Achard unterhielt die um ihn Versammelten mit einer spaßigen Anekdote aus seinem Berufsleben.

Arne drehte den Kopf zu den beiden Beleuchtern und der Skriptfrau, die ihr Frühstück im Stehen einnahmen. Sie unterhielten sich mit gedämpften Stimmen, als tüftelten sie eine Verschwörung aus. Die Produktionsleiterin Petra Eckes saß wie gewohnt allein an einem Einzeltisch und sorgte mit ihrer frostigen Miene dafür, dass niemand auf die Idee verfiel, sich zu ihr zu gesellen. Auch das übrige Personal verhielt sich, wie Arne es nicht anders kannte. Dies würde ein guter Arbeitstag werden.

Erleichtert, Katharines Anlaufschwierigkeiten gemeistert zu haben, setzte er sich. Dabei stellte er fest, dass zwei der Stühle an der Tafel unbesetzt waren. Einer war für Katharine reserviert, aber der zweite …

Rasch verschaffte sich Arne einen Überblick, wer fehlte. Gero Steinmann, der den Krabbenkutterkapitän mimte und sich aus diesem Grund einen Vollbart hatte wachsen lassen, um der Klischeevorstellung eines ostfriesischen Fischers zu entsprechen, war ebenso zugegen wie sämtliche Statisten. Schließlich erkannte er, wer fehlte.

Erneut sah sich Arne unter den Versammelten um, konnte die Gesuchte jedoch nirgendwo erblicken.

Katharine kam herbei, und während sie ihre Kaffeetasse auf den Tisch stellte, sagte sie:»Hast du Anne irgendwo gesehen, Arne?«

Der Regisseur schüttelte genervt den Kopf. Er hatte sich offenbar zu früh auf einen reibungslosen Ablauf des morgendlichen Briefings eingestellt.

Katharine setzte sich und bedachte Arne mit einem gespielt mitleidigen Blick. »Da musst du wohl noch einmal bei einer Schauspielerin an die Zimmertür klopfen und deine Überredungskünste einsetzen, mein Lieber.«

»Anne ist wahrscheinlich noch mit Heinrich beschäftigt«, witzelte Gero und strich dabei genießerisch über seinen Bart.

»Das glaub ich nicht, die hatten sich gestern einen heftigen Streit geliefert«, warf Leopold Samsa ein, der im Werbeclip den Gehilfen des Krabbenkutterkapitäns spielte. Er war ein sehniger, kräftiger Typ, der mit seiner rauen, finsteren Ausstrahlung für ein wenig Spannung in dem Werbefilm sorgen sollte.

»Dann steht jetzt wohl eine ausgiebige Versöhnung im Hotelbett an«, gab Gero schmunzelnd zurück.

Arne schüttelte den Kopf, denn er hatte Heinrich, den Runner, bereits am Büffet stehen gesehen. »Heinrich ist nicht für das Zuspätkommen unserer Nachwuchsschauspielerin verantwortlich«, sagte er erbost und biss einen großen Happen von seinem Krabbenbrötchen ab. Anschließend stand er auf, um sich auf den Weg in Annes Zimmer zu machen.

»Sei nicht zu streng mit ihr«, rief Katharine ihm nach.

»Ich werde sie ganz sicherlich nicht mit Samthandschuhen anfassen, wie ich es bei dir gemacht habe«, gab Arne hart zurück, wobei Brötchenkrumen aus seinem Mund spritzten. »Vielmehr werde ich ihr begreiflich machen, wie wenig sie es sich in ihrer wackeligen Position als Darstellerin einer unbedeutenden Nebenrolle leisten kann, irgendwelche Allüren zu entwickeln.«

Energisch kauend durchquerte er den Speisesaal. Er hatte den Durchgang zu den Zimmern fast erreicht, als aus Richtung des Foyers plötzlich eine Fremde den Speisesaal betrat. Zornig blieb Arne stehen und schluckte den zerkauten Bissen hinunter. Er hatte dem Rezeptionisten eindringlich nahegelegt, dafür zu sorgen, dass sie ungestört blieben. Dass seine Leute nun womöglich von einer Schaulustigen behelligt wurden, durfte er nicht zulassen!

Entschlossen, die Frau abzuwimmeln, marschierte er auf sie zu. Dabei konnte er nicht umhin, sie eingehend zu mustern, denn sie strahlte unverkennbar ein starkes Selbstbewusstsein, gepaart mit einem Hauch von Autorität aus. Eine Mischung, die Arne faszinierte und zugleich auch ein wenig einschüchterte, was er durchaus nicht als unangenehm empfand. Obwohl die Frau recht schlank war, schien sie ziemlich kräftig. Das dunkle, lockige Haar reichte ihr bis in den Nacken, und ihre hellbraunen Augen blickten aufmerksam und hellwach umher. Arne schätzte, dass sie die fünfzig bereits überschritten hatte. Sie war eine herbe, aber dennoch äußerst attraktive Frau, die einen legeren Kleidungsstil pflegte. Die Jeans lag hauteng an und das Jackett, unter dem sie eine luftige Bluse trug, wirkte funktional und robust.

Arne spürte, wie sich sein Unmut über das Auftauchen dieser Fremden verflüchtigte. »Guten Morgen«, sprach er sie daher weitaus freundlicher an, als er es eigentlich vorgehabt hatte. »Ich muss Sie leider bitten zu gehen. Dies hier ist eine geschlossene Gesellschaft. Der Kerl am Empfangstresen hätte Sie eigentlich nicht zu uns durchlassen dürfen.«

Die Frau griff ungerührt in die Innentasche ihres Jacketts. »Er hat mich passieren lassen, als ich ihm dies hier gezeigt habe«, erklärte sie und hielt Arne einen Dienstausweis der Polizei vor die Nase.

»Ruth Fasan«, las Arne murmelnd von dem Ausweis ab und sah sein Gegenüber dann verwundert an. »Sie sind Hauptkommissarin? Aber ...«

»Und mit wem habe ich das Vergnügen?«, wurde er unterbrochen.

Arne stellte sich ihr vor. »Gibt es irgendwelche Schwierigkeiten?«, erkundigte er sich anschließend.

Erneut griff die Kommissarin in ihr Jackett und holte ein Smartphone hervor, an dem sie kurz herumfingerte. »Kennen Sie diese Person?«, fragte sie und hielt ihm das Display des Apparates entgegen.

*

Ruth ließ den Mann mittleren Alters nicht aus den Augen, während sie ihm das Foto zeigte, das sie mit ihrem Handy von der Toten an Deck der *Garnell 1* aufgenommen hatte. Arne Wohley kannte die junge Frau, das war seinem Gesichtsausdruck deutlich anzusehen. Das Antlitz des Regisseurs wurde um eine Spur blasser, wodurch sich der dunkle Bartschatten noch ein wenig deutlicher in seinem markanten Gesicht abzeichnete. Hanno Wolf hatte offensichtlich richtig geschlussfolgert als er vermutete, dass es sich bei der Toten um eine Schauspielerin handeln musste.

»Was … was ist mit ihr?«, fragte ihr Gegenüber mit rauer Stimme, wobei sich seine graublauen Augen zu verfinstern schienen. Um zu erkennen, dass mit der Abgelichteten etwas nicht stimmte, musste man kein Hellseher sein. Die gebrochenen Augen und das wirre Haar sprachen eine nur allzu deutliche Sprache. Es war also nicht weiter verwunderlich, dass der Regisseur geschockt reagierte.

»Wie lautet der Name dieser Frau?«, wollte Ruth wissen, ohne auf die Frage des Mannes einzugehen. Am Rande nahm sie wahr, dass etliche der Anwesenden jetzt auf sie zukamen.

»Anne. Anne Jaffer«, antwortete Arne. »Sie … sie hatte in unserem Werbespot eine kleine Nebenrolle inne.« Eindringlich sah er die Hauptkommissarin an. »Ist sie etwa tot?«, fragte er, obwohl dies eigentlich offensichtlich war.

Ruth, die Verständnis für die Reaktion ihres Gegenübers hatte, nickte bedauernd. »Wir vermuten, dass sie einem Schädelhirntrauma erlegen ist. Ein Fischer hat ihren leblosen Körper vorhin an Bord der *Garnell 1* entdeckt und die Polizei verständigt.«

»Das … ist doch wohl nicht wahr!«, rief ein Mann mit stattlichem Vollbart aufgebracht. »Sie war noch so jung!« Dass sie dennoch früh aus dem Leben geschieden war, schien den Mann tief zu erschüttern.

Eine offenbar wohlsituierte Dame mit gepflegtem Aussehen hielt sich den Handrücken vor die Stirn. Sie taumelte rückwärts und wäre wohl gestürzt, wenn ein Mann sie nicht gehalten hätte. Man brachte die Frau an einen Tisch, wo sie kraftlos auf einen Stuhl niedersank und zu schluchzen anfing.

»Das ist eine mittlere Katastrophe«, sagte Arne und schüttelte fassungslos den Kopf. »Dieser Unfall, er wirft alles über den Haufen!«

»War es denn überhaupt ein Unfall?«, wurde aus der Menge der Versammelten eine Frage herübergerufen. Ruth merkte sich vorsorglich, wer es gewesen war: ein drahtiger Mann, dessen Gesicht rau und ein wenig finster wirkte.

Arne wirbelte herum. »Wie könnt ihr so etwas fragen?«, regte er sich auf.

Eine in einen schlichten Anzug gekleidete, burschikose Frau hob kurz den Arm, als wollte sie auf sich aufmerksam machen. »Wann wird der Drehort freigegeben werden?«, fragte sie.

»Das ist jetzt wirklich nicht der richtige Zeitpunkt, um darüber zu reden!«, polterte Arne drauflos.

»Als Produktionsleiterin ist es meine Aufgabe, einen Überblick über den Zeitplan der Dreharbeiten zu behalten«, gab die Frau unterkühlt zurück und warf Ruth dann einen auffordernd-fragenden Blick zu.

»Das wird sich zeigen, sobald die Spurensicherung und der Gerichtsmediziner ihre Arbeit abgeschlossen haben«, ging sie auf die Frage ein.

»Spurensicherung, Gerichtsmediziner?« Arne starrte die Hauptkommissarin wirr an. »Gehen Sie denn etwa von einem Verbrechen aus?«

»Im Moment wissen wir noch nichts Genaues«, antwortete Ruth ausweichend. »Sobald gesicherte Erkenntnisse vorliegen, werden Sie es von mir erfahren.«

Arne blies die Wangen auf und ließ hörbar Luft entweichen. »Wie soll es denn jetzt weitergehen? Unter diesen Umständen können wir unsere Arbeit unmöglich fortsetzen.«

»Und ob wir das können«, gab die Produktionsleiterin barsch zurück. »Wenn die *Garnell 1* uns heute Vormittag nicht zur Verfügung steht, weichen wir eben auf einen anderen Drehort aus.«

Arne musterte die Frau befremdet. »Wie kannst du in einer solchen Lage nur so berechnend bleiben?«

»Weil das mein Job ist«, gab die Frau kalt zurück.

Ruth ließ wie beiläufig den Blick durch den Speisesaal schweifen. Ans Frühstück dachte momentan kaum mehr einer. Die Nachricht über Anne Jaffers Tod hatte keinen ihrer Kollegen unberührt gelassen. Am meisten schien diese Mitteilung aber einen jungen Mann mitgenommen zu haben. Den Rücken an die Wand gelehnt, kauerte er mit angezogenen Beinen auf dem Boden. Das Gesicht hatte er in den verschränkt auf seinen Knien ruhenden Armen vergraben. Offenbar weinte er heftig, wie sein zuckender Leib vermuten ließ. Der Bärtige war vor ihm in die Hocke gegangen und redete sanft auf ihn ein. Dabei umfasste er die Schulter des Mannes und drückte sie mitfühlend. Doch der junge Mann schüttelte die Hand mit einer unwirschen Schulterbewegung ab.

Ruth verweilte noch einen Moment, bevor sie dem Regisseur mitteilte, dass sie in den Hafen zu ihren Kollegen zurückkehren würde.

»Überlassen Sie es bitte uns, Annes Eltern von ihrem Tod zu unterrichten«, bat Arne. »Ich bin es ihnen schuldig, dass sie diese schlimme Nachricht nicht von der Polizei erfahren.«

»Wie Sie meinen.« Ruth nickte grüßend in die Runde, musste Petra Eckes, der Produktionsleiterin, dann aber noch einmal versprechen, sie umgehend zu informieren, wenn der Krabbenkutter erneut für Filmaufnahmen zur Verfügung stand. Anschließend wandte Ruth sich ab und verließ den Speisesaal.

*

Die Hauptkommissarin stieg von ihrem Rad und schob es die Rampe zur Kaianlage hinunter. Freundlich nickte sie den Touristen zu, die die Morgenstunde dieses wolkenverhangenen Sommertages für einen Spaziergang am Hafen nutzten. Am Ende der Rampe angekommen, lenkte sie ihre Schritte auf das Absperrband der Polizei zu, mit dem der Bereich vor der *Garnell 1* abgeriegelt worden war; es schloss den dunklen Kleinbus der Spurensicherung mit ein, der unmittelbar an der Wasserkante parkte und die Sicht auf den königsblauen Krabbenkutter teilweise verdeckte.

Eine nicht sehr große, rundliche Frau in der Uniform einer Streifenpolizistin eilte auf das rot-weiß-gestreifte Band zu und hob es an, damit Ruth ihr Fahrrad drunter durchschieben konnte.

»Guten Morgen Frau Hauptkommissarin«, grüßte die Frau nüchtern, während Ruth mit eingezogenem Kopf unter dem Band hindurchschlüpfte.

»Moin, Alice«, erwiderte Ruth den förmlichen Gruß der Rothaarigen. »Haben Sie schlechte Laune?«, erkundigte sie sich dann wie beiläufig, denn Alice scherzte für gewöhnlich sehr gern, und diese reservierte Art passte so gar nicht zu ihr.

Alice Bergmann zuckte unschlüssig mit den Schultern. »Ich war so stolz, es leibhaftig miterleben zu dürfen, wenn mal wieder ein Film in Greetsiel gedreht wird«, erwiderte sie. »Und nun dies!« Sie deutete mit einer freudlosen Geste zum Kutter hinüber. »Jetzt haben wir eine Leiche am Drehort!«

Ruth nickte verstehend und stellte das Fahrrad neben dem Kleinbus ab. »Dieser Vorfall bringt alles durcheinander. Darüber hat sich der Regisseur auch bereits beklagt.«

Alice sah Ruth mit ihren braunen Augen unverwandt an. »Sie haben den Filmleuten schon einen Besuch abgestattet. Haben Sie Katharine Selma etwa auch zu Gesicht bekommen?«

Diesmal war es Ruth, die mit den Schultern zuckte. »Ich denke mal, dass alle am Werbeclip Beteiligten während meiner Stippvisite anwesend waren. Also ja, diese Katharine Silmer wird wohl ebenfalls dort gewesen sein.«

»Katharine Selma«, berichtigte Alice empört. Sie musterte die Hauptkommissarin skeptisch. »Sagen Sie bloß, Sie kennen die Hauptdarstellerin der Serie *Eine Landärztin trumpft auf* nicht?«

»Sollte ich?«, gab Ruth leichthin zurück, als würde sie das alles überhaupt nicht interessieren.

Alice stemmte die Fäuste in ihre ausladenden Hüften. »Sie wollen mich wohl auf den Arm nehmen?«

Ruth tat, als würde sie überlegen. »Da war so eine gut situiert aussehende alternde Dame«, sagte sie gedehnt. »War das womöglich die von ihnen so vergötterte Filmdiva?«

Alice blies empört die Wangen auf. »Sie wissen ganz genau, wer Katharine Selma ist«, sagte sie vorwurfsvoll. »Sie wollen mich doch bloß ärgern. Und eine Filmdiva ist sie ganz sicherlich nicht. Frau Selma ist eine volksnahe Schauspielerin. Dass ihre Serie abgesetzt wurde, verstehe ich bis heute nicht!«

»Jetzt bekommen Sie ja endlich ein wenig Farbe im Gesicht«, merkte Ruth zufrieden an.

Alice schnappte nach Luft und verdrehte dann demonstrativ die Augen. »Ihre Art von Humor werde ich wohl nie verstehen.«

»Ich wollte Sie lediglich ein wenig aufmuntern«, gab Ruth lächelnd zurück. »Sie sahen so frustriert und bar jeglichen Esprits aus. Dagegen musste ich unbedingt etwas unternehmen. Das Wohlergehen meiner Mitarbeiter liegt mir nun einmal am Herzen.«

Alice schüttelte kaum merklich den Kopf. »Vielen Dank auch«, murmelte sie. Dann aber hellte sich ihr Gesicht ein wenig auf. »Erzählen Sie mal. Was hat Frau Selma zu Ihnen gesagt?«

»Nichts. Die Nachricht über den Fund der Leiche hat sie ziemlich mitgenommen.«

»Dann haben Sie sie auch nicht um ein Autogramm gebeten?«

»Das wäre in dieser Situation ja wohl ziemlich unangebracht gewesen«, gab Ruth leicht befremdet zurück.

Alice seufzte. »Es soll ziemlich schwierig sein, an Katharine Selma heranzukommen. Und da lassen Sie die Gelegenheit ungenutzt verstreichen, ein Autogramm von ihr zu ergattern oder ein Selfie mit ihr aufzunehmen?«

Ruth tätschelte begütigend die Schulter der Streifenpolizistin. »Wenn Ihnen das so viel bedeutet, werde ich es arrangieren, dass Sie dieser Frau begegnen können, solange die Dreharbeiten in Greetsiel andauern.«

»Meinen Sie denn, dass es aus polizeilicher Sicht gesehen einen Anlass geben wird, dass wir uns näher mit Frau Selma und der Filmcrew beschäftigen müssen?« Alice klang nun richtiggehend besorgt.

»Nicht zwangsläufig«, beruhigte Ruth die Frau.

»Ich bin gerne Polizistin«, stellte Alice klar. »Aber wenn ich gegen Frau Selma ermitteln müsste, das … das würde mir das Herz brechen!«

Ruth furchte die Stirn. So hatte sie Alice noch nie erlebt. »Dramatisieren Sie diese Sache nicht ein wenig? Wir müssen erst mal abwarten, was die Untersuchung der Leiche ergibt. Womöglich ist Anne Jaffer – so heißt die Tote übrigens – durch einen bedauernswerten Unfall ums Leben gekommen.« Sie versuchte sich an einem beruhigenden Lächeln. »Auch in diesem Fall werde ich es irgendwie hinkriegen, dass Sie Frau Selma treffen können, Alice. Versprochen.«

Die Streifenpolizistin nickte gefasst. »Sie haben recht, ich bin viel zu emotional. Diese Fernsehserie, in der Frau Selma die Hauptrolle spielte, ich habe sie sehr gern gesehen.« Sie lächelte verlegen. »Ehrlich gesagt, schaue ich mir auch heute noch eine Folge an, wenn ich mal nicht so gut drauf bin oder einfach ein wenig Aufmunterung benötige. Ich habe sämtliche Staffeln der Serie auf DVD.«

Seit Ruth für die Polizei in Greetsiel arbeitete, hatte Alice ihr noch nie so einen tiefen Einblick in ihr Privatleben gewährt, wie gerade eben geschehen. Alice war eine höfliche, zuverlässige Person, die sich gerne hinter ihrer humorvollen Art versteckte und dadurch stets fröhlich und unbeschwert wirkte. Dass eine weitaus vielschichtigere Persönlichkeit in ihr steckte, davon hatte sie Ruth soeben eine kleine Kostprobe gegeben.

»Ich werde das nächste Mal besser aufpassen, wenn ich über Personen rede, die Ihnen etwas bedeuten«, sagte sie zu Alice.

Verlegen winkte die Streifenpolizistin ab. »Werden Sie jetzt bloß nicht rührselig«, sagte sie und lachte, was in Ruths Ohren ein wenig gekünstelt klang. »Es sind doch bloß Filme und nicht das echte Leben.« Fahrig deutete sie zum Krabbenkutter hinüber. »Werden Sie nicht irgendwo erwartet?«, fragte sie.

Ruth hob eine Schulter und ließ sie wieder sinken. »Dann werde ich mal horchen, was Doktor Fixlmillner mir zu erzählen hat.« Sie nickte Alice kurz zu und wandte sich dann der *Garnell 1* zu. Schnell sprang sie an Bord, ehe einer der Anwesenden sie bemerken und ihr eine helfende Hand reichen konnte.

*

Hagen Reese stand neben einem kompakt gebauten Mann, der vom Scheitel bis zur Sohle in weiße Schutzkleidung gehüllt war und gerade ziemlich beschäftigt wirkte. Der Name dieses bodenständigen Energiebündels lautete Max Engel, und er war der Chef der Spurensicherung der Emdener Polizei. Etliche seiner Kollegen bewegten sich auf der Suche nach Spuren langsam über das Deck des Kutters, durchsuchten das Steuerhaus, inspizierten die Gerätschaften und stöberten im Maschinenraum herum. Hagen hatte Überzieher über seine Schuhe gestreift, während der Mann, mit dem er sprach, sogar eine Kopfhaube und einen Mundschutz trug.

Ruths Schuhe steckten ebenfalls in den bläulichen Schutzhüllen. Eine Kollegin der Spurensicherung hatte sie ihr mit ernster Miene ausgehändigt, als sie an Bord des Krabbenkutters gekommen war. Dass diese Maßnahme als erforderlich erachtet wurde, ließ Ruth befürchten, dass ein gewöhnlicher Unfall als Todesursache von den Experten inzwischen weitgehend ausgeschlossen wurde.

»Sehen Sie hier?«, sagte der Mann an Hagens Seite, während er die Metalleinfassung der Sortiermaschine mit einer Lampe anstrahlte, die Schwarzlicht absonderte. Da die Sonne derzeit hinter einer dicken Wolkenschicht verborgen lag und den Hafen in trübes Grau hüllte, konnten sich die UV-Strahlen dennoch behaupten. Beide Männer beugten sich vor und betrachteten die angeleuchtete Fläche. Grellbläuliche Schlieren, die von innen heraus zu leuchten schienen, zeichneten sich im Schein der Lampe ab. »Hier hat jemand versucht, Blutspuren fortzuwischen«, erläuterte Max Engel. »Dabei ist derjenige aber eher schlampig vorgegangen.«

Als Ruth bei den Männern anlangte, richteten diese sich auf.

»Moin«, grüßten sich die drei wie aus einem Munde.

»Moin!«, rief Dr. Fixlmillner herüber, der neben der auf dem Rücken liegenden Leiche kniete und in die Untersuchung vertieft war.

»Herr Engel hat etwas Interessantes entdeckt«, erläuterte Hagen und deutete auf die Sortiermaschine.

Der Chef der Spurensicherung nickte bedächtig, schwenkte mit der Lampe vor der glänzenden Metallfläche herum und zauberte so die fluoreszierenden Wischspuren herbei. Wie fast alle Aufbauten, so war auch der Sortierapparat nigelnagelneu. Nach Schmutz suchte man darauf ebenso vergeblich wie nach Abnutzungsspuren. Der Krabbenkutter sollte in dem Werbespot offenbar wie geleckt aussehen, entsprechend war das Deck hergerichtet worden.

»Hier waren überall Blutspritzer«, erläuterte Engel. »Man hat versucht, sie wegzuwischen. Vermutlich mit einem einfachen Lappen oder Tuch. Die Wischspuren, die auf dem Metall zurückgeblieben sind, sprechen aber eine deutliche Sprache.«

»Und was sagen sie Ihnen?«, hakte Ruth nach.

»Dass das Opfer hier an Ort und Stelle erschlagen wurde«, gab Engel unaufgeregt zurück, wobei er mit der Lampe lax auf die in der Nähe liegenden Tote deutete. Über den leblosen Körper beugte sich Dr. Fixlmillner, der, wenn er stand, mindestens zwei Meter maß.

Der Gerichtsmediziner quittierte das Gesagte mit einem Kopfnicken, wobei er seelenruhig mit der Untersuchung der Leiche fortfuhr. »Die Menge an Blut, die unter dem Körper dieser Frau ausgelaufen ist, lässt ebenfalls darauf schließen, dass sie nach dem tödlichen Schlag auf ihren Hinterkopf nicht mehr vom Fleck bewegt wurde.« Fixlmillner deutete vage um sich. »Die Verletzung an ihrem

Kopf hat extrem stark geblutet. Wenn man die Frau in diesem Zustand hierhergetragen hätte, hätte Max die dabei entstanden Blutspuren unweigerlich finden müssen.«

»Stattdessen lassen die Spritzer in der Umgebung darauf schließen, dass das Opfer gestanden haben musste, als es den tückischen Schlag auf den Hinterkopf erhielt«, ergänzte Engel. »Sie stürzte hin und starb dann wenig später.«

»Soll das heißen, dass sie noch hätte gerettet werden können, wenn ihr schnell geholfen worden wäre?«, fragte Ruth an Fixlmillner gerichtet.

»Schwer zu sagen«, erwiderte dieser. »Der Tod ist zwar nicht sofort eingetreten, aber ob die Frau je wieder aus dem Koma erwacht wäre, wenn sie schnell in ein Krankenhaus gebracht worden wäre, wage ich in Anbetracht der Schwere der Verletzung zu bezweifeln.«

»Ihr Name war Anne, Anne Jaffer«, sagte Ruth mit rauer Stimme.

»Sie dürfte nicht älter als fünfundzwanzig Jahre gewesen sein«, schätzte Fixlmillner und seufzte. Er winkte Max herbei, der sich mit seiner UV-Lampe daraufhin zögernd näherte. »Beleuchte noch mal diesen Körperbereich«, wies Fixlmillner den Chef der Spurensicherung an und deutete auf den Unterleib der Toten.

Engel ließ die Schwarzlichtlampe etwa eine halbe Armlänge über den Schoß der Toten gleiten, die eine enge Jeans trug. Dabei entstand ein fluoreszierendes Leuchten in ihrem Schritt. Die Farbnuance war eine andere als die auf dem Gehäuse der Sortiermaschine, was Ruth vermuten ließ, dass es kein Blut, sondern eine andere Körperflüssigkeit war, deren fluoreszierende Bestandteile das UV-Licht zum Leuchten gebracht hatte.

»Spermaspuren?«, fragte sie.

Fixlmillner nickte. »Die Samenflüssigkeit ist nicht von außen auf die Kleidung gelangt«, sagte er. »Vielmehr ist sie von innen hindurchgesickert.«

Ruth presste die Lippen aufeinander. »Liegt ein Sexualdelikt vor?«

Fixlmillner wiegte abwägend den Kopf. »Die Kleidung scheint unversehrt.« Behutsam nahm er eine Hand der Toten. »Es gibt auch keine Abwehrspuren.«

»Also einvernehmlicher Sex«, stellte Hagen fest.

»Es sieht ganz danach aus«, bestätigte der Gerichtsmediziner. »Gewissheit werden wir aber erst erlangen, wenn ich mir die Tote im Institut genauer angesehen habe.« Erneut nickte er. »Dem ersten

Augenschein nach sieht es aber so aus, als hätte Anne Jaffer kurz vor ihrem Tod einvernehmlichen Geschlechtsverkehr gehabt. Als der Todeskampf sie schüttelte, muss das Sperma aus ihrem Unterleib gedrückt worden und in die Kleidung eingesickert sein.«

Hagen rieb sich unbehaglich den Nacken. »Erst hatte sie Sex, und dann ist sie von hinten erschlagen worden?« Er schüttelte sich. »Wie gemein!«

»Der Mann, mit dem Anne Jaffer geschlafen hat, muss aber nicht zwangsläufig mit der Person identisch sein, die sie später dann umgebracht hat«, merkte Ruth an.

»Das ist mir klar«, gab Hagen leicht gereizt zurück. Die Belehrung seiner weitaus erfahreneren Chefin schien ihm ausnahmsweise mal etwas auszumachen. »Annes Lover könnte aber womöglich der letzte Mensch sein, der sie lebend gesehen hat.«

Ruth musste plötzlich an den jungen Mann im Speisesaal des Hotels Krabbenschere denken, der an der Wand gekauert und verzweifelt geweint hatte, nachdem er von Anne Jaffers Tod erfahren hatte. »In diesem Punkt könnten Sie womöglich recht haben«, sagte sie. »Wir sollten unbedingt herausfinden, mit wem Frau Jaffer kurz vor …« Sie stockte und warf Dr. Fixlmillner einen fragenden Blick zu. »Wann ist sie ungefähr gestorben?«

»Etwa um Mitternacht, schätze ich«, erhielt sie zur Antwort. »Plus, minus eine Stunde.«

»Mit wem sie kurz vor Mitternacht zusammen war«, vervollständigte Ruth daraufhin ihren Satz.

Hagen musterte sie. »Sie haben offenbar bereits eine Vorstellung, wer das gewesen sein könnte«, vermutete er. Er deutete mit dem vor seinem Gesicht hin und her pendelnden Zeigefinger auf seine eigenen Augen. »Sie haben da so einen gewissen Ausdruck in ihrem Blick, den ich bereits kenne und der da immer zum Vorschein kommt, wenn Sie mir gedanklich um einen Schritt voraus sind.«

Ruth lächelte geduldig. »Sie haben eine gute Beobachtungsgabe, Hagen«, lobte sie belustigt. »Und die richtigen Rückschlüsse vermögen Sie ebenfalls zu ziehen.«

»Wie heißt unser Verdächtiger?«, drängte Hagen zu wissen.

»Wie der Mann heißt, von dem ich annehme, dass er ein Verhältnis mit Anne Jaffer hatte?«, kleidete Ruth ihren Tadel über Hagens vorpreschende Art in eine Frage.

»Dann eben den«, sagte er.

Ruth lächelte süffisant. »Ich weiß es nicht. Aber ich weiß, wo wir ihn finden werden.«

»Dann nichts wie hin!«

Ruth hob begütigend eine Hand. »Was ist über die Tatwaffe zu sagen?«, fragte sie an Fixlmillner gerichtet.

»Ein solider Gegenstand mit einer Menge Ecken und Kanten, so viel ist sicher«, antwortete dieser. »Vermutlich aus Metall.«

Engel schwenkte einmal mehr mit seiner UV-Lampe herum. »Meine Leute suchen alles nach der mutmaßlichen Tatwaffe ab«, erläuterte er. »Ich lasse es Sie sofort wissen, wenn sie fündig werden.«

Einer von Max Engels Mitarbeitern stieß plötzlich einen Ruf aus. Der Mann beugte sich über die Reling und als er sich aufrichtete, hielt er einen kleinen Gegenstand in den behandschuhten Händen. »Eine Armbanduhr!«, rief er herüber. »Sie hatte sich in den ausgefransten Seilen des Bugfender verfangen!«

»Eintüten und in die Kiste für die zu untersuchenden Fundstücke legen!«, rief Engel dem Mann zu.

Ruth erhaschte einen kurzen Blick auf die Uhr, als der Mann sie in eine Klarsichttüte steckte und dann in eine Metallkiste legte. Das Armband bestand aus silbernem Metall und war mit einer Faltschließe versehen.

Ruth nickte dankend in die Runde. Dann wandte sie sich an ihren Partner. »Jetzt werden wir erst einmal ausgiebig frühstücken, Sportsfreund«, verkündete sie.

Hagen sah sie bestürzt an, doch bevor er einen Einwand erheben konnte, fuhr Ruth fort: »Sie sind viel zu aufgewühlt, als dass ich Sie jetzt zwecks Befragung auf irgendwelche Beteiligten loslassen könnte«, erklärte sie. »Ich kann Sie gut verstehen. Der Tod dieser jungen Frau geht auch mir unter die Haut. Ich kann das ausblenden, weil ich in meinem Leben schon zu viele solcher Mordopfer gesehen habe. Sie aber, Sie brauchen erst einmal etwas in Ihrem Magen … und einen gewissen zeitlichen Abstand. Ansonsten sind Sie für die Ermittlungsarbeit nämlich nicht zu gebrauchen.«

»Aber …«, setzte Hagen an. Doch erneut ließ Ruth ihn nicht zu Wort kommen.

»Haben Sie denn etwa bereits gefrühstückt?«, erkundigte sie sich scheinheilig.

Hagen schüttelte den Kopf.

Ruth lächelte wissend. »Das hatte ich mir gedacht. Dünya hatte heute Morgen wahrscheinlich Delikateres mit Ihnen vor, als ein ödes Frühstück mit Ihnen einzunehmen, bevor sie Sie Richtung Hafen aufbrechen ließ.«

Hagen errötete leicht, woraufhin Ruth sich prompt von ihm abwandte und zur Reling marschierte. »Jetzt kennen Sie auch den Grund, warum Sie der Anblick dieser jungen Frau, die vor ihrem gewaltsamen Tod offenbar ein intimes Techtelmechtel gehabt hatte, so sehr berührt«, sagte sie derweil. »Also verschreibe ich Ihnen jetzt dieses Frühstück. Und ich will keine Widerrede hören, verstanden!«

Hagen nickte gefasst und schickte sich dann an, seiner Chefin zu folgen.

Kapitel 3

Als lastete ein zusätzliches Gewicht auf seinen Schultern, ließ sich Arne Wohley schwerfällig auf seinen Stuhl sinken. »In meiner gesamten Laufbahn als Regisseur ist mir so etwas noch nicht passiert«, sagte er schwermütig und blickte kurz in die Runde der am Tisch Versammelten. Es hatte ihn Überwindung gekostet, diesen kleinen Krisenstab an einem separaten Tisch im Speisesaal zusammenzurufen. Ihm war mehr danach gewesen, sich in sein Hotelzimmer zu verkriechen, um den Schock über Anne Jaffers Tod zu verarbeiten. Dies umso mehr, da er zuvor mit Annes Eltern telefoniert hatte, ein Erlebnis, das seine Verzweiflung über ihren Tod nur noch verstärkt hatte.

Dennoch hatte Petra Eckes von ihm verlangt, die wichtigsten Leute seiner Crew zusammenzutrommeln, ein paar aufmunternde Worte an sie zu richten und die weitere Vorgehensweise zu besprechen. Aber als er nun erneut zum Reden ansetzte, schnürte es ihm die Kehle zu, sodass er keinen Ton hervorbrachte.

Die Anwesenden schien in keiner besseren Gemütsverfassung zu sein, musste Arne feststellen. Katharine Selma sah bekümmert drein und der Kameramann nestelte nervös mit seinen Fingern. Lothar Brüning, der Filmarchitekt, war auffällig blass um die Nase herum, und Gero Steinmann zupfte unentwegt an seinem Bart. Hannelore Kopp blätterte nervös im Skript, aber ihr leerer Blick verriet, dass sie das Geschriebene gar nicht wirklich wahrnahm. Nur Petra Eckes wirkte gefasst. Auffordernd sah sie Arne an und nickte eindringlich, um ihn dazu zu bewegen, endlich den Mund aufzumachen.

»Ich weiß nicht, wie ich mit dieser Situation umgehen soll«, gestand Arne daraufhin. »Es hat noch nie einen Todesfall während meiner Dreharbeiten gegeben. Das hier … ist völlig neu für mich.«

»Vor allem müssen wir uns jetzt zusammenreißen«, forderte Petra eindringlich und riss die Initiative somit an sich. »Der Dreh muss in vier Tagen abgeschlossen sein. So steht es in unserem Vertrag, den wir mit Benno Garnell geschlossen haben. Und einen Tag haben wir bereits verbraucht!«

»Herr Garnell wird ja wohl Verständnis dafür aufbringen, dass dieses unvorhersehbare Ereignis unsere Planungen über den Haufen wirft«, sagte Mischa Achard. »Wie sollen unsere Schauspieler vor meiner Kamera gute Miene machen, wenn ihnen die Trauer über

Annes Tod noch ins Gesicht geschrieben steht? Da kann doch nichts Vernünftiges bei rauskommen.«

»Unsere Schauspieler sind alle Profis«, erwiderte Petra unnachgiebig. »Man kann von ihnen verlangen, dass sie trotz widriger Umstände tun, was sie tun müssen.«

»Du hast gut reden!«, rief Gero zornig. »Du stehst ja auch nicht vor der Kamera.« Er ließ von seinem Bart ab und fuchtelte ungehalten mit den Händen. »Und überhaupt – wie sollen wir ohne Anne weitermachen?«

»Sie hatte nur eine Nebenrolle inne«, erwiderte Petra. »Man kann sie ohne großen Qualitätsverlust aus dem Skript rausstreichen.«

»Das ist überhaupt nicht wahr!«, rief Katharine mit schwankender Stimme. »Anne, sie … sie war ein herausragendes Nachwuchstalent. Wie kannst du nur so herzlos sein und verlangen, dass ihre Rolle ersatzlos gestrichen wird!«

Arne zuckte erschreckt zusammen, als Petra ihn unter dem Tisch energisch mit ihrem Schuh anstupste. »Nun sag endlich was!«, zischte sie ihm wütend zu.

Arne blinzelte seine Benommenheit fort und setzte sich auf. »Hannelore«, wandte er sich dann an die Skriptfrau. »Du wirst das Drehbuch entsprechend umschreiben, sodass Annes Fehlen nicht auffällt.«

Katharine stieß ein leises Schluchzen aus. »Fehlen?«, sagte sie vorwurfsvoll. »Anne fehlt nicht einfach nur, sie ist nicht mehr am Leben!«

»Was wir alle sehr bedauern«, bekräftigte Petra harsch. »Aber für uns muss es jetzt trotzdem weitergehen!«

»Das ist doch alles Kokolores!«, rief Katharine in resignierter Verzweiflung.

»Was ist nun?«, fuhr Petra die Skriptfrau an.

Hannelore zuckte unglücklich mit den Schultern und blätterte erneut im Drehbuch. »Das wird eine Weile dauern. Anne tritt quasi in jeder Szene auf. Ihren Part einfach zu streichen, wird nicht ausreichen. Es müssten Anpassungen vorgenommen werden.«

»Von wegen: unbedeutende Nebenrolle«, ätze Katharine.

Hannelore blickte auf. »Es wäre einfacher, Anne durch eine unserer Statistinnen zu ersetzen«, schlug sie vor. »In diesem Fall müssten die Szenen nur leicht angeglichen werden.«

»Das Umschreiben musst du sowieso später erledigen«, verlangte Petra.

Mischa nickte beipflichtend. »Wir müssten jetzt filmen, ehe dieser Vormittag für uns verloren ist, weil die Lichtverhältnisse sich zu sehr geändert haben.« Er zuckte mit den Schultern. »Oder wir pulen Herrn Garnell bei, dass er uns wegen dieses Vorfalls eine kleine Auszeit zubilligen muss.«

»Laut Produktionsvertrag wäre bei jedweder Verzögerung eine hohe Summe als Vertragsstrafe fällig«, informierte Petra den Kameramann. »Das würde unsere Firma in arge finanzielle Schwierigkeiten bringen, da wir in Vorleistung gegangen sind.«

Gero winkte ab. »Verschone uns bloß mit diesen Formalien. Die sind in Anbetracht der Lage ja wohl alle unbedeutend.«

»Nicht für FineClip, deinen Arbeitgeber«, gab Petra zurück.

»Lassen wir das!«, fuhr Arne dazwischen. »Wir müssen mit der Produktion fortfahren, ob es uns passt oder nicht, und damit basta!« Er wandte sich der Skriptfrau zu. »Sieh nach, ob du Einstellungen findest, in denen Anne nicht unmittelbar zu sehen ist.«

Hannelore schlug hektisch die Seiten um. »Hier … das müsste gehen«, sagte sie schließlich. »Katharine und Anne greifen in einen Bottich voller Krabben, die von der *Garnell 1* zuvor entladen wurden. Anschließend befreien sie einige der Krabben von ihrer Schale.« Sie blickte zu Arne auf. »In den Einstellungen sind nur die Hände der Frauen zu sehen. Sie prüfen die Qualität der Krabben, pulen sie aus und belegen anschließend Brötchen damit, die dann in den Schnellrestaurants an die Kunden verkauft werden sollen.«

»Statt Annes Händen können wir auch ebenso gut meine filmen«, sagte Petra, hielt ihre Hände hoch und bewegte die Finger. »Das wäre also schon mal geklärt.«

Katharine stieß ein abfälliges Prusten aus. »Deine Finger sind viel zu dürr«, urteilte sie.

»Wir machen es trotzdem so«, sagte Arne und handelte sich von Katharine daraufhin einen vernichtenden Blick ein. Dessen ungeachtet drehte er sich dem Filmarchitekten zu. »Kriegen wir diese Szene auf die Schnelle hin?«, fragte er.

Lothar Brüning hatte die ganze Zeit über geschwiegen und finster vor sich hingestarrt. Jetzt zuckte er freudlos mit den Schultern. »Klar kriegen wir das hin«, sagte er, ohne dabei von seinen auf dem Tisch gefalteten Händen aufzublicken. »Diese Einstellungen waren zwar erst für morgen geplant, aber das ist kein Problem. Die Kutter haben im Morgengrauen ihren Fang bei der Entladestation abgeliefert. Das weiß ich, weil das von den Gezeiten abhängig ist, und die habe ich ständig im Blick.« Er sah Arne kurz an und starrte dann erneut auf seine Hände herab. »Es müssten noch etlichen Kisten mit Krabben vor Ort sein. Ein Anruf beim Hafenmeister, und der macht die Sache für uns klar. Der Lieferwagen mit dem Emblem der Garnell-Kette steht sowieso längst bereit. Wir könnten also sofort loslegen.«

»Worauf warten wir dann noch?« Petra stand auf. »Machen wir uns an die Arbeit!«

Die Versammelten blieben demonstrativ sitzen. Erst nachdem Arne mit einem Kopfnicken sein Einverständnis bekundet hatte, erhoben sich alle von ihren Plätzen.

Während sich die Versammelten verstreuten, trat Katharine an Arnes Seite. »Wie haben Annes Eltern die Nachricht aufgenommen?«, fragte sie mitfühlend.

»Was glaubst du denn?«, fuhr Arne sie an. »Annes Mutter hat am Telefon einen Nervenzusammenbruch erlitten. Ihr Vater hat daraufhin noch ein paar Worte mit mir gewechselt und dann unvermittelt aufgelegt.« Er fuhr sich mit der Hand übers Gesicht. »Mich macht das total fertig, Katharine«, gestand er. »Und dennoch müssen wir jetzt weitermachen.«

Die Schauspielerin schüttelte missbilligend den Kopf. »Würden wir eine Folge von *Eine Landärztin trumpft auf* produzieren, hätte der Regisseur den Dreh jetzt abgebrochen. Uns wäre eine psychologische Betreuung zuteilgeworden, damit wir diese schlimme Nachricht über den tödlichen Unfall eines Crewmitgliedes verarbeiten können.«

»Das waren eben andere Zeiten«, gab Arne angesäuert zurück. »Jetzt weht für uns alle ein rauerer Wind.« Er legte Katharine schwer eine Hand auf die Schulter. »Und nun mach dich bereit. Wir haben zu tun!«

*

Beim Hotel Krabbenschere angekommen, mussten die beiden Kriminalisten erfahren, dass die Filmcrew ausgerückt war. »Sie sind vor knapp einer Stunde zur Entladestelle der Krabbenkutter aufgebrochen«, berichtete der Rezeptionist. »Da soll heute anscheinend gedreht werden.« Er musterte die Kommissare über den Empfangstresen hinweg mit zurückhaltender Neugier. »Ist es wahr, was man sich erzählt? Auf der *Garnell 1* wurde die Leiche einer Schauspielerin entdeckt?«

Ruth quittierte diese Frage mit einem frostigen Lächeln, drehte sich weg und verließ gemeinsam mit Hagen das Hotel.

»Das mit dem Frühstück war anscheinend keine so gute Idee gewesen«, merkte Hagen brummig an. »Jetzt sind die Vögel alle ausgeflogen.«

»Abwarten«, gab Ruth zurück und schwang sich auf ihr Dienstfahrrad. Sie hatte ihren eigenen, manuell betriebenen Drahtesel nach der Frühstückspause gegen dieses moderne E-Bike ausgetauscht, von denen die Greetsieler Wache zwei besaß.

Hagen tat es seiner Chefin gleich und setzte sich auf den Sattel seines Bikes. Hintereinander radelten sie die verkehrsberuhigte Straße entlang und glitten dabei vorsichtig an den Personen vorbei, die entspannt durch das Greetsieler Zentrum flanierten. Als sie die Sielstraße und damit den Hafen erreichten, verdichtete sich der Passantenstrom, sodass sie nur noch im Schritttempo vorankamen.

Von dem Deichweg aus, auf dem die Kommissare sich entlangbewegten, ließ sich der Hafen gut überblicken. Vor der Absperrung entlang der *Garnell 1* hatte sich inzwischen eine Menschentraube gebildet. Alice hatte alle Hände voll damit zu tun, Fragen zu beantworten und allzu Neugierige aufzufordern, zurückzutreten. Offenbar befand sich auch eine Reporterin unter den Schaulustigen, was Ruth an der professionellen Fotokamera zu erkennen glaubte, mit der die Frau unentwegt Fotos von dem königsblauen Krabbenkutter und dem Einsatzwagen der Spurensicherung schoss.

»Alice macht ihre Sache gut!«, rief Hagen, während sie an den schmucken kleinen Giebelhäusern vorbeirollten, die ihren Weg säumten. »Aber ich möchte nicht mit ihr tauschen wollen.«

Nach einer Weile deutete Ruth mit einem Nicken in Fahrtrichtung. »Dort hinten gibt es offenbar eine weitere Sehenswürdigkeit zu bestaunen«, merkte sie an. Ihre Bemerkung bezog sich auf den Kaibereich, der der Slipanlage vorgelagert war. Bei der Slipanlage handelte es sich um eine ins Wasser führende Rampe, die dazu diente, Kutter mit einer Seilwinde aus dem Hafenbecken zu ziehen, um im Trockenen dann Reparaturarbeiten an ihnen vorzunehmen. Zurzeit war die Slipanlage unbesetzt, aber auf dem davor gelagerten Kai war einiges los. Scheinwerfer und Kameras umstanden eine Gruppe von Schauspielern, die einen Bottich voller Krabben umringten und irgendetwas damit anstellten, was aus der Ferne nicht genau zu erkennen war. Auch ein Lieferwagen der Garnell-Kette parkte in der Nähe.

Wie der Tatort, so war auch das Filmset mit einem rot-weiß gestreiften Absperrband abgeriegelt worden, um Schaulustige von den Aufnahmen fernzuhalten. Ein junger Mann ging hinter dem Band auf und ab. Offenbar war ihm dieselbe Aufgabe zugedacht worden, wie Alice, die vor der *Garnell 1* Wache stand, nur dass er seine Tätigkeit nicht halb so eloquent und souverän meisterte wie die Streifenpolizistin. Hektisch eilte er vor dem Absperrband hin und her, schrie die Gaffer an und fuchtelte gereizt mit den Armen.

Ruth stoppte, und als Hagen neben ihr anhielt, sagte sie: »Das ist unser Mann.« Sie deutete zum Geschehen hinunter. »Der junge Bursche, der versucht, die Schaulustigen im Zaum zu halten.«

»Der ist wahrscheinlich als Runner eingestellt worden«, erläuterte Hagen. »Die sind für alles Mögliche zuständig, was am Filmset gerade so anfällt.« Er sah angestrengt zu der Szene hinunter. »Er scheint ziemlich nervös und unentspannt«, merkte er kritisch an.

Ruth lehnte ihr Fahrrad an einen Laternenpfahl. »Dafür könnte es viele Gründe geben. Wir gehen also unvoreingenommen an die Sache ran.«

Hagen nickte mürrisch, platzierte sein Bike neben dem seiner Chefin und verband beide mit einem Schloss. Danach gingen sie die Treppe hinunter und bewegten sich über die anschließende Rasenfläche auf die Menge der Schaulustigen zu.

*

Die Miene des Runners verfinsterte sich, während er beobachtete, wie sich Ruth Fasan und Hagen Reese durch die vor der Absperrung versammelte Menge nach vorn vorarbeiteten und dabei direkt auf ihn zuhielten. Die Hauptkommissarin entschuldigte sich höflich bei einer Frau, die sie ein wenig zur Seite schieben musste, um an das Absperrband zu gelangen.

»Was wollen Sie denn schon wieder?«, fragte der Runner, der sich an Ruths Auftritt im Speisesaal des Hotels Krabbenschere noch gut erinnerte. »Hier wird gearbeitet.«

»Wir wollen uns mit Ihnen unterhalten«, informierte Hagen den Mann mit strengem Unterton in der Stimme.

»Mein Kollege Hagen Reese«, stellte Ruth dem Mann ihren Partner daraufhin vor.

Gereizt deutete der Runner um sich. »Ich bin beschäftigt, wie Sie ja wohl sehen können.«

Ruth musterte den Mann aufmerksam. Seine Augen waren gerötet und er sah ziemlich vergrätzt und übel gelaunt aus. »Was wollen Sie denn überhaupt von mir?«, fragte er und furchte die Stirn.

»Zuerst einmal wäre es hilfreich, Ihren Namen zu erfahren«, blieb Ruth zuvorkommend.

»Heinrich Bloom«, erhielt sie einsilbig zur Antwort.

»Wie gut kannten Sie Anne Jaffer?«, preschte Hagen mit einer Frage vor.

Der Runner starrte ihn wirr an. Er schluckte trocken und schien plötzlich mit den Tränen zu kämpfen. »Das … das geht Sie überhaupt …« Plötzlich wirbelte er herum. Ein Mann in einem langen dünnen Parka war unter der Absperrung hindurchgetaucht. Den Blick auf den Boden gerichtet, bewegte er sich zielstrebig auf das Filmset zu.

»He, Sie da!«, brüllte Heinrich und sprintete los. In Nullkommanichts hatte er den Eindringling eingeholt, packte ihn hart bei den Schultern und hielt ihn fest. »Hier haben nur Mitarbeiter Zutritt!«, schrie er den Mann an, der daraufhin wie ein geprügelter Hund den Kopf einzog. »Los verschwinden Sie!«

Da der Mann keine Anstalten machte, sich vom Fleck zu rühren, zerrte Heinrich ihn unsanft mit sich, hin zum Absperrband. Der Fremde vergrub störrisch die Hände in die Taschen seines Parkas und ließ es widerwillig geschehen, dass der Runner ihn mit sich zog. Er strauchelte und wäre fast gestürzt, als Heinrich seinen Kopf niederdrückte und unter das rot-weiß-gestreifte Band hindurchstieß, das er mit einer Hand emporhielt. Unsanft prallte der Fremde mit anderen Schaulustigen zusammen, und für einen kurzen Moment entstand ein kleiner Tumult.

»Heinrich. Was zum Kuckuck machst du da?« Ein bärtiger Mann in der traditionellen Kluft eines Krabbenfischers kam aus Richtung Filmset herbeigeeilt. Er fuchtelte aufgebracht mit den Armen. »Du spinnst wohl, dich hier wie ein wild gewordener Rowdy aufzuführen! Was soll das?«

Hagen hielt es nun nicht länger an seinen Platz. Er stieg über das Band hinweg und eilte auf den Runner zu, der sich jetzt mit einigen Leuten auf der anderen Seite der Absperrung stritt. Den auf ihn zu rennenden Bärtigen bemerkte Heinrich dabei offenbar genauso wenig wie den herbeieilenden Kommissar.

Hagens Vorgehen hatte bei den Umstehenden empörte Reaktionen hervorgerufen. Handys wurden hochgehalten, um das Geschehen zu filmen. Ruth zückte daraufhin ihren Dienstausweis und hielt ihn mit ausgestrecktem Arm empor. »Polizei!«, rief sie den Leuten beruhigend zu. »Es gibt keinen Grund, sich aufzuregen. Bleiben Sie einfach hinter der Absperrung zurück.«

Sie stieg nun ebenfalls über das Band hinweg. Anschließend ging sie gemessenen Schrittes auf Heinrich und Hagen zu, die jetzt in einen Disput verstrickt waren. Auch der Bärtige erreichte die beiden nun.

*

»Sie müssen das Verhalten unseres Runners entschuldigen«, sagte der vollbärtige Schauspieler, der sich inzwischen als Gero Steinmann vorgestellt hatte. »Diese Sache mit Anne macht ihm ziemlich zu schaffen. Es war verantwortungslos von unserer Produktionsleiterin, Heinrich mit der Bewachung der Absperrgrenze zu betrauen.« Er seufzte und warf über die Schulter hinweg einen mürrischen Blick zum Filmset hinüber. »Es war überhaupt eine dumme Idee, einfach weiterzumachen, als wäre nichts geschehen.«

Ruth und Hagen hatten Heinrich und Gero einige Schritte von den Schaulustigen weggeführt und standen auf halber Strecke zu den Filmarbeiten auf der Wiese. Am Set wurde unverdrossen weitergefilmt. Auch etliche der Zuschauer lichteten das Geschehen im Absperrbereich mit ihren Smartphones ab.

»Es ist ja nichts passiert«, wiegelte Ruth ab. Sie sah zu den Schaulustigen hinüber, konnte den Mann im Parka unter den Versammelten aber nicht ausmachen. Offenbar hatte er sich verdrückt oder verbarg sich in der Menge. Diese Person wäre durchaus berechtigt gewesen, sich wegen des ruppigen Vorgehens des Runners zu beschweren, aber das lag anscheinend nicht in seiner Absicht.

»Was können wir denn für Sie tun?«, erkundigte sich Gero nun bei den Kriminalisten. Heinrich stand mit hängenden Schultern neben ihm und sagte keinen Ton. »Wollten Sie uns mitteilen, dass uns die *Garnell 1* wieder für Dreharbeiten zur Verfügung steht?«

Ruth schüttelte den Kopf. »Im Gegenteil. Der Krabbenkutter wird jetzt als Tatort eingestuft. Es wird wohl noch eine Weile dauern, bis das Boot von uns freigegeben wird.«

Als hätte er einen Stromstoß erhalten, zuckte Heinrich heftig zusammen. »Was?«, rief er mit überschnappender Stimme. »Tatort. Das ist doch nicht wahr, oder?«

»Bedauerlicherweise ist es das«, gab Ruth ruhig zurück. »Wir gehen derzeit davon aus, dass Anne Jaffer ermordet wurde.«

Heinrich stieß ein klägliches Wimmern aus. Seine Hand krallte sich in Geros Fischerhemd, während er die andere vor seinen Mund presste. »Nein, nein!«, schluchzte er herzerweichend.

»Verdammt«, murmelte Gero mit finsterer Miene. »Das ändert alles.«

»Jetzt verstehen Sie vielleicht, warum wir von Ihnen wissen wollen, in welcher Beziehung Sie zu Anne Jaffer standen«, erläuterte Hagen an den Runner gerichtet, wobei er diesmal auf einen strengen Unterton verzichtete.

Heinrich ließ die Hand von seinem Gesicht gleiten. »Wir ... wir waren bloß Kollegen«, sagte er mit brüchiger Stimme.

Gero verdrehte die Augen. »Mensch, Heinrich. Wenn du jetzt nicht ehrlich bist, bringst du dich in Teufels Küche.«

Gereizt sah Heinrich den Schauspieler an. »Halt dich da bloß raus!«, schrie er und stieß Gero von sich. »Ich wollte mehr von ihr ... aber sie ... sie ...« Mit einem Schluchzen brach er ab, schüttelte resigniert den Kopf. »Am Ende waren wir bloß noch Kollegen. So wollte sie es.«

»Darum ging es also in eurem Streit, den ihr gestern Abend vom Zaun gebrochen habt?«, fragte Gero. Abwehrend hob er die Hände, als Heinrich ihn mit einem vernichtenden Blick bedachte. »Ihr wart nicht gerade leise«, rechtfertigte er sich. »Ich bin nicht der Einzige, der euren Zank mitbekommen hat, das kannst du mir glauben.« Er legte dem Runner eine Hand auf die Schulter. »Darum wäre es nicht klug von dir, jetzt nicht ehrlich zu sein. Es gibt Zeugen für eure lautstarke Auseinandersetzung. Die Polizei wird so oder so davon erfahren. Ich meine es nur gut mit dir!«

Heinrich schüttelte Geros Hand ab. »Na gut«, sagte er störrisch. »Anne und ich ... wir waren zusammen. Aber wir waren nicht so eng, wie ich es mir eigentlich versprochen hatte.«

»Und das hat Sie wahrscheinlich ziemlich wütend gemacht«, kommentierte Hagen. Er deutete zu den Schaulustigen hinüber. »Wir haben eben erlebt, wie aufbrausend Sie werden können, wenn man Sie reizt.«

Heinrich starrte den Kommissar ungläubig an. »Wollen Sie etwa andeuten, ich hätte Anne ein Leid zugefügt?«

»Wie ist es nach dem Streit weitergegangen?«, wechselte Ruth das Thema.

Gereizt zuckte Heinrich mit den Schultern. »Anne ... sie ist gegangen. Danach ... danach habe ich sie nicht mehr gesehen.« In seinen Augen fing es an, feucht zu schimmern.

»Um wie viel Uhr war das?«, verlangte Hagen zu wissen.

Erneut zuckte Heinrich mit den Schultern. »Ich habe nicht auf die Uhr gesehen«, giftete er.

»Es muss etwa um einundzwanzig Uhr gewesen sein«, beantwortete Gero die Frage.

»Und bevor Anne Sie verließ, hatte es zwischen Ihnen da intimen Kontakt gegeben?«, hakte Ruth nach.

Heinrich sah die Hauptkommissarin entgeistert an. »Was ist denn das für eine Frage?«

»Was glauben Sie, was wir hier machen?«, fuhr Hagen den Runner an. »Wir ermitteln in einem Mordfall. Also beantworten Sie gefälligst unsere Fragen!«

Heinrich nickte eingeschüchtert. »Zu Intimitäten ist es an jenem Abend gar nicht erst gekommen«, sagte er zerknirscht. »Weil ich Trottel Anne nämlich unbedingt meine Liebe gestehen musste. Darauf reagierte sie regelrecht geschockt. Sie sagte, dass sie keine Liebesbeziehung wollte. Sie wollte bloß ihren Spaß und nichts Ernstes.«

»Und daraufhin brach Streit aus«, schlussfolgerte Ruth.

Heinrich nickte niedergeschlagen. »Sie verließ schließlich mein Zimmer. Und das wars.«

Hagen warf Ruth einen vielsagenden Blick zu, was Heinrich allerdings nicht entging. Ein lauernder Ausdruck trat in sein Gesicht. »Ich hatte keinen Sex mit Anne«, sagte er. »Aber sie … sie hatte welchen, bevor sie starb, nicht wahr?«, schlussfolgerte er.

»Darüber können wir Ihnen keine Auskunft geben«, erklärte Ruth, obwohl sie befürchtete, dass sie Heinrichs Verdacht dadurch nicht würde entkräften können.

Der Runner taumelte zurück. »Ich … ich glaube, ich habe Anne gar nicht wirklich gekannt«, sagte er mit brüchiger Stimme.

»Wo haben Sie sich nach dem Streit mit ihrer Freundin aufgehalten?«, stellte Hagen nun die entscheidende Frage.

Heinrich legte die Hand auf seine Brust. »Ich?«, fragte er entgeistert. »Ich war in meinem Hotelzimmer. Bis mich heute Morgen der Wecker aus dem Bett geholt hat.«

»Könnte dies jemand bezeugen?«, erkundigte sich Hagen.

»Nein!«, brachte Heinrich verstört hervor. »Ich war allein!«

»Ich habe das Zimmer neben ihm«, brachte Gero sich ein. »Und ich habe einen leichten Schlaf. Ich hätte es vermutlich gehört, wenn Heinrich sein Zimmer später noch einmal verlassen hätte.« Er bedachte den Runner mit einem gutmeinenden, vorwurfsvollen Blick. »Denn er pflegt dabei nicht gerade leise zu sein.«

Ruth nahm den in ihren Augen nicht sehr aussagekräftigen Bericht des Schauspielers mit einem knappen Kopfnicken zur Kenntnis und wandte sich dann erneut Heinrich zu. »Hatte Anne Ihnen gesagt, wohin sie gehen wird oder was sie vorhatte?«

Der Runner schüttelte den Kopf. »Ich war am Boden zerstört. Und es war mir egal, was Anne als Nächstes tun würde.« Er presste die Lippen aufeinander. »Das war ein Fehler. Ich hätte hinter ihr herlaufen sollen. Dann … dann wäre sie jetzt womöglich noch am Leben!«

»Mach dich bloß nicht verrückt!«, sagte Gero. »Dich trifft keine Schuld!«

»Sag das den Kommissaren!«, rief Heinrich und deutete gereizt auf die Kriminalisten.

»Haben Sie denn eine Vorstellung, was Anne am späten Abend auf der *Garnell 1* zu suchen gehabt haben könnte?«, erkundigte sich Hagen.

Heinrich hob die Arme und ließ sie kraftlos sinken. »Keine Ahnung«, sagte er. »Eigentlich behagte ihr dieser Kutter als Drehort nicht einmal besonders.«

»Was genau gefiel ihr denn nicht?«, hakte Ruth nach.

»Es war ihr auf dem Deck zu eng«, beantwortete Gero die Frage. »Sie hatte keinen Platz zum schauspielerischen Interagieren, meinte sie.« Er lächelte verunglückt. »Sie war eben noch ziemlich unerfahren und hatte Probleme, sich auf die besonderen Gegebenheiten einzulassen.«

Ruth richtete sich an Gero. »Was glauben Sie, könnte Anne dazu veranlasst haben, die *Garnell 1* dennoch aufzusuchen?«

Der Schauspieler fuhr sich mit der Hand über den Bart. »Ich habe nicht den blassesten Schimmer«, sagte er und setzte dann eine fragende Miene auf. »Wie werden Sie denn jetzt verfahren?«

»Wir müssen herausfinden, was Anne nach diesem Streit gemacht hat, wem sie begegnete und was ihr auf dem Krabbenkutter widerfahren ist.«

»Und dafür werden wir sämtliche Ihrer Kolleginnen und Kollegen befragen müssen«, ergänzte Hagen.

Gero verzog spöttisch das Gesicht, was wegen seines Vollbarts ein wenig ulkig anmutete. »Unsere Produktionsleiterin wird in helle Freude ausbrechen, wenn Sie den Dreh jetzt stören«, prophezeite er.

»Wenn sie erfährt, dass wir in einem Mordfall ermitteln, wird sie sicherlich Verständnis für unser Vorgehen haben«, war Ruth überzeugt.

*

Lothar Brüning reichte Katharine Selma und Petra Eckes ein Handtuch, damit sie sich ihre Hände abtrocknen konnten, die er zuvor mit Mineralwasser übergossen hatte, um die Krabbenreste abzuwaschen, die daran hängen geblieben waren.

»Kleine niedliche Würmer sind das«, sagte Katharine und verzog das Gesicht. »Auf das Gefühl, in ihnen herumzuwühlen, hätte ich aber auch gerne verzichten können.« Sie schüttelte sich.

»Taugen die Aufnahmen denn was?«, rief Petra dem Kameramann zu.

Mischa hob den Daumen. »Alles super. Die Szene können wir abhaken.«

»Dann wäre jetzt das Belegen der Krabbenbrötchen an der Reihe«, bestimmte Arne. Er saß auf einem Klappstuhl, dessen Rückenteil hinten mit der Aufschrift »Regisseur« versehen war.

Plötzlich reckte Petra den Hals und ihre Miene verfinsterte sich. Mit einem Kopfnicken deutete sie zu Ruth Fasan und Hagen Reese hinüber, die sich dem Set zielstrebig näherten. »Was wollen die denn von uns?«, fragte sie mürrisch in die Runde.

Arne drehte sich auf seinem Stuhl um. »Und was ist mit unserem Runner los?«, fragte er ungehalten. »Anstatt die Absperrung zu bewachen, kauert er am Boden und Gero versucht schon wieder, ihn zu trösten.«

»Der hatte sich doch in Anne verkuckt«, erläuterte Katharine. »Und nun leidet er an gebrochenem Herzen.«

Petra schüttelte mit finsterer Miene den Kopf. »Irgendetwas stimmt da nicht. Was hat diese Kommissarin angestellt, dass Heinrich jetzt so heftig überreagiert.«

»Du hättest ihm heute freigeben müssen«, sagte Hannelore vorwurfsvoll an die Produktionsleiterin gerichtet. Sie drückte das Skript an ihre Brust. »Aber Feingefühl war noch nie deine Stärke, nicht wahr!«

»Ich sorge dafür, dass wir alle unsere Jobs behalten!«, schrie Petra in einem plötzlichen Anfall von Hysterie. Angriffslustig blickte sie um sich. »Wenn wir diesen Produktionsauftrag vergeigen, dann wars das mit FineClip. Das muss euch allen klar sein!«

Katharine blinzelte indigniert. »So schlimm steht es um eure Firma?« Sie warf Arne einen strafenden Blick zu. »Warum weiß ich nichts davon?«

Der Regisseur erhob sich schwerfällig von seinem Klappstuhl. »Weil du dir keine Sorgen machen und dich auf die Schauspielerei konzentrieren sollst«, gab er zurück. »Darum!«

»Wie nett«, giftete Katharine. »Offenbar traust du mir nicht zu …«

»Reißt euch zusammen!«, fuhr Petra barsch dazwischen. »Wir haben jetzt ganz andere Sorgen.« Sie straffte ihre Körperhaltung und setzte ein freundliches Gesicht auf. Dann wandte sie sich den beiden Kriminalisten zu, die die Gruppe fast erreicht hatten. »Sie platzen mitten in unseren Produktionsprozess hinein«, rief sie mit frostigem Unterton. »Ich wäre Ihnen daher sehr verbunden, wenn Sie sich kurzfassen könnten.«

*

Um zu erkennen, dass es Unstimmigkeiten in der Filmcrew gab, musste Ruth keine Hellseherin sein. Zwar verstand sie nicht, was gesprochen wurde, während sie sich gemeinsam mit Hagen dem Set näherte. Aber das Gebaren und die Art und Weise, wie die Männer und Frauen miteinander sprachen, verrieten deutlich die Spannungen, die in der Gruppe herrschten.

Ruth vermied es, über den Grund der Zwistigkeiten zu spekulieren, weil dies ihr Urteilsvermögen getrübt hätte. Sie meinte jedoch, deutlich erkannt zu haben, dass die gereizte Stimmung erst aufgekommen war, nachdem man Hagen und sie entdeckt hatte.

»Schön aufmerksam bleiben«, raunte sie ihrem Partner zu, als sie nur noch wenige Schritte von dem Drehort entfernt waren. Dort angekommen, hörte sie sich geduldig an, was die burschikos wirkende Frau in dem eleganten Anzug ihnen zu sagen hatte.

»Was wir Ihnen mitzuteilen haben, lässt sich nicht in Kürze abhandeln«, informierte Ruth die Anwesenden daraufhin in sachlichem Tonfall.

»Die Situation hat sich grundlegend geändert«, fügte Hagen hinzu.

»Inwiefern?«, fragte der Regisseur beunruhigt.

»Wir gehen jetzt von Mord aus«, kam Ruth ohne Umschweife zur Sache. »Anne Jaffer erhielt einen Schlag auf den Hinterkopf mit tödlicher Folge.«

Die Anwesenden erstarrten. Katherine stieß einen spitzen Schrei aus und taumelte rückwärts. Sie tastete nach dem Regiestuhl, drehte ihn herum und ließ sich hineinplumpsen. Mit leerem Blick starrte sie vor sich hin, bewegte die Lippen, ohne einen Laut hervorzubringen.

Besorgt kniete Arne neben der Schauspielerin hin, ergriff ihre Hand und redete beruhigend auf sie ein. Die übrigen Anwesenden blickten verstört umher, unfähig einen Kommentar abzugeben.

»Das kann doch wohl nicht wahr sein!«, rief die Frau im Anzug jetzt und übertönte damit die geflüsterten Worte des Regisseurs. Sie fuhr sich mit der Hand übers Gesicht. »Was … was sollen wir denn jetzt machen?«

»Helfen Sie uns, diesen Mord so schnell wie möglich aufzuklären«, schlug Ruth trocken vor.

»Und wie?«, fuhr die Frau sie an. »Glauben Sie etwa, wir wüssten, wer Anne das angetan hat?«

»Für den Anfang wäre es ganz hilfreich, wenn Sie uns einander vorstellen.« Ruth deutete in die Runde. »Wir brauchen Ihre Namen und welche Funktion Sie während dieses Drehs erfüllen.«

Die Frau atmete tief durch und nickte gefasst. »Mein Name lautet Petra Eckes, und ich bin die Produktionsleiterin«, fing sie die Vorstellungsrunde bei sich selbst an. Nacheinander nannte sie die Namen ihrer Kolleginnen und Kollegen und fügte jeweils deren Berufsbezeichnung hinzu.

Ruth nickte der Frau dankend zu und wandte sich dann an Katharine Selma. Die Schauspielerin reagierte nicht auf den Zuspruch des Regisseurs. Blicklos starrte sie ins Leere, und ihre Lippen, aus denen das Blut gewichen war, bebten.

»Soll ich einen Arzt verständigen?«, erkundigte sich Ruth fürsorglich. Als sie der Filmcrew heute Morgen die Nachricht über Anne Jaffers Tod überbracht hatte, hatte die Schauspielerin ähnlich emotional reagiert. Aber diesmal schien sie regelrecht ausgeknockt.

Arne sah zu Ruth auf und nickte. »Ich fürchte, es steht nicht gut um Katharine«, sagte er mit gedämpfter Stimme. »Sie hat nicht genug Kraft, um das durchzustehen. Ein Arzt sollte sie sich ansehen!«

»Nein«, sagte die Schauspielerin mit tonloser Stimme und hob zitternd die Hand, während sie die andere in Arnes Fingern beließ. »Ich muss mich nur einen Moment sammeln.« Ihr Blick klärte sich und gefasst sah sie die Hauptkommissarin an. »Anne … sie war wie eine Tochter für mich«, sagte sie mit zittriger Stimme. »Ihr Verlust trifft mich hart. Aber die Vorstellung, dass sie ermordet wurde …« Sie brach ab, barg das Gesicht hinter ihrer Hand und schluchzte.

»Bitte!«, sagte Arne flehend, erhob sich und baute sich vor Ruth auf. Dabei ließ er die Hand der Schauspielerin nicht los. »Lassen Sie Katharine in Ruhe«, verlangte er. »Das alles ist zu viel für sie!«

»Nein!«, stieß Katharine verzweifelt aus und entwand ihre Hand den Fingern des Regisseurs. »Lass die Kommissare ihre Arbeit machen. Wer immer Anne das angetan hat, muss bestraft werden!«

»Du musst dir das nicht antun!«, sagte Arne eindringlich. »Nicht nach allem, was du durchmachen musstest!«

»Gerade deshalb!«, insistierte die Schauspielerin. »Du weißt, wie diese Sache damals ausgegangen ist. Wir müssen alles tun, um die Polizei zu unterstützen!«

Arne schüttelte wenig begeistert den Kopf, sagte jedoch nichts.

Ruth sah die beiden in Erwartung einer genaueren Erklärung an.

»Sie müssen wissen, dass ich für Anne Jaffer wie eine Mentorin gewesen bin«, erläuterte Katharine nun. »Sie hatte eine große Karriere vor sich gehabt, davon bin ich fest überzeugt. Sie wäre sogar in der Lage gewesen, irgendwann in meine Fußstapfen zu treten.« Erneut begannen ihre Lippen zu beben und Tränen rollten ihre Wangen herab. »Ihr Tod ist ein herber Verlust – auf allen nur erdenklichen Ebenen.«

Ruth war mit dem Gehörten leicht unzufrieden. Anstatt zu erläutern, was es mit den rätselhaften Äußerungen auf sich hatte, war Katharine auf ein anderes Thema zu sprechen gekommen.

»Haben Sie denn einen Verdacht, wer Frau Jaffer ermordet haben könnte?«, fragte Hagen, der sich bis dahin dezent im Hintergrund gehalten hatte. Ruth wünschte, dass er weiterhin den Mund gehalten hätte, denn jetzt war die Gelegenheit verstrichen, nachzuhaken, was es mit den schleierhaften Worten auf sich hatte.

Katharine zuckte vage mit den Schultern. »Vielleicht hat es jemanden nicht gepasst, dass ihr eine glorreiche Zukunft als Schauspielerin bevorstand«, ging sie auf Hagens Frage ein. »Womöglich hatte Anne auch jemanden zurückgewiesen, der sich von ihr angezogen fühlte und ihre Ablehnung nicht verwinden konnte.«

Hagen rieb sich leicht überfordert den Nacken. »Das sind ziemlich spezielle Tatmotive«, bemerkte er.

»Sie wissen wohl nicht, womit sich Stars im Alltag herumschlagen müssen!«, wurde die Schauspielerin aufbrausend. »Nicht alle Bewunderer oder Neider sind friedfertig. Dass es von deren Seite zu Übergriffen kommt, ist nicht ungewöhnlich!«

»Katharine, bitte!«, sagte Arne mit milder Strenge. »Du steigerst dich da in etwas hinein. Und das ist deiner Gesundheit nicht zuträglich.« Eindringlich sah er Ruth an. »Katharine ist nicht ganz bei sich«, sagte er. »Sie sollten ihr eine Pause gönnen.«

»Es ist unerträglich, wie du versuchst, mich zu bevormunden«, giftete Katharine gekränkt.

Ruth lächelte beschwichtigend. »Wir werden Ihren Verdacht während unserer Nachforschungen selbstverständlich berücksichtigen«, versicherte sie der Schauspielerin.

»Behandeln Sie mich nicht wie eine überdrehte Filmdiva!«, fuhr Katharine sie an.

»Das tut sie doch gar nicht«, besänftigte Arne.

»Und ob sie das tut!«, eiferte sich Katharine. »Hast du nicht gehört, was und vor allem wie sie es gesagt hat? Sie hält mich nicht für zurechnungsfähig.«

»Es tut mir leid, wenn Sie sich durch mein Auftreten gekränkt fühlen«, sagte Ruth neutral. »Ich mache nur meine Arbeit – dessen können Sie versichert sein.«

Befremdet sah Katharine sie an, als wäre sie sich nicht ganz sicher, was sie von den Worten der Hauptkommissarin halten sollte.

»Wir werden Sie später eventuell noch einmal befragen«, sagte Ruth höflich, gab Hagen ein Zeichen, ihr zu folgen, und wandte sich ab.

*

Während sich Ruth und Hagen mit Katharine und Arne beschäftigt hatten, hatten sich die übrigen Mitarbeiter der Filmcrew um den Kameramann geschart. Einen Arm lässig auf die auf einem robusten Stativ ruhende Filmkamera gestützt, stand Mischa Achard da und gab eine Anekdote zum Besten. In seiner blumigen Erzählung ließ er sich durch das Auftauchen der beiden Kriminalisten nicht stören.

»Und dann, als die völlig verdrehte Leiche des Stuntmans von einem Gerichtsmediziner genauer untersucht wurde, fand der heraus, dass der Mann gar nicht an den Folgen des misslungenen Treppensturzes gestorben war, sondern an Vergiftung«, erzählte er. »Der Stuntman ist nicht etwa deshalb so unglücklich die Stufen hinabgestürzt und hat sich das Genick gebrochen, weil er sein Handwerk nicht richtig beherrschte, sondern weil Gift in seinen Adern pulsierte – stellt euch das mal vor!«

Mit gönnerhafter Miene wandte sich Mischa den Ermittlern zu. »Ich habe meinen Freunden gerade davon berichtet, dass dies nicht der erste Mordfall ist, mit dem ich es im Laufe meiner Tätigkeit als Kameramann zu tun bekommen habe«, erläuterte er großspurig. »Wundern Sie sich also nicht, dass ich jetzt nicht ganz so verstört dreinschaue wie meine Kollegen.« Er grinste breit. »Das liegt nicht daran, weil ich etwa der Mörder bin, sondern weil ich einfach ein bisschen abgebrühter bin als die anderen.«

Einige der Umstehenden lachten verhalten, wenn auch ein wenig gezwungen, wie es Ruth vorkam. »Dann wissen Sie vermutlich, was jetzt auf Sie zukommt«, gab sie zurück.

Mischa nickte. »Sie bombardieren uns mit Fragen. So war das damals beim Tod dieses Stuntmans auch. Wir kamen gar nicht mehr zum Arbeiten, weil die Mordermittler uns auf Schritt und Tritt belauert haben.«

Ruth nickte neutral. »So wird es auch diesmal sein«, sagte sie übertrieben höflich. »Sie alle werden erst wieder Ihre Ruhe haben, nachdem wir diesen Mordfall aufgeklärt haben.«

Mischa blies die Wangen auf. »Dann legen sie mal los.«

»Wir wissen bereits, dass es am vergangenen Abend einen Streit zwischen Anne und dem Runner gegeben hat«, begann Ruth.

»Und nun wollen wir wissen, wer von Ihnen Anne Jaffer begegnet ist, nachdem sie das Zimmer von Heinrich Bloom verlassen hatte«, erläuterte Hagen.

Die Anwesenden sahen sich betreten und mit einer gewissen Anspannung in den Gesichtern an.

»Also, ich habe nur mitgekriegt, dass die beiden sich aufs Heftigste gestritten haben«, sagte Mischa. »Zu diesem Zeitpunkt saß ich zusammen mit Leopold Samsa in der Hotelbar.«

»Das bin ich.« Ein schlaksiger Mann, der ein wenig finster aussah, hob den Arm. »Mischa und ich haben bis ein Uhr nachts in der Bar einen gehoben. Die Kleine haben wir dabei nicht zu Gesicht bekommen. Das kann der Barkeeper bezeugen.«

»Wann ist Anne denn … wann kam sie ums Leben?«, fragte Mischa, dem die Sache nun doch ein wenig betroffen zu machen schien.

»Vermutlich etwa um Mitternacht«, antwortete Ruth.

»Also haben Mischa und ich schon mal ein Alibi«, merkte Leopold an. »Außerdem waren wir viel zu angeheitert, um noch jemanden umbringen zu können.« Er grinste breit und blickte sich um, wohl in dem Glauben, einen gelungenen Scherz angebracht zu haben. Aber keiner der Anwesenden lachte. Schweigen machte sich breit.

Ruth und Hagen standen abwartend da.

»Von Ihnen will also keiner Frau Jaffer nach einundzwanzig Uhr mehr gesehen haben«, fasste er zusammen. »Was könnte sie in der Nacht Ihrer Meinung nach denn noch an Bord der *Garnell 1* zu suchen gehabt haben?« Auffordernd sah er in die Runde. Aber niemand schien sich bemüßigt zu fühlen, seine Frage zu beantworten.

Hannelore Kopp stieß den Mann an ihrer Seite plötzlich mit der Schulter an. »Warum sagst du nichts, Lothar?«, fragte sie. »Du hast am späten Abend an Bord des Krabbenkutters zu tun gehabt. Hast du Anne dort denn nicht gesehen?«

Der Filmarchitekt schob die Hände in die Hosentaschen. Sein braun gebranntes Gesicht verfinsterte sich. »Kann schon sein«, sagte er ausweichend.

»Was soll das denn heißen: kann schon sein?«, rief Mischa. »Bist du Anne nun begegnet oder nicht?«

»Ich … doch sie war da. Mir ist aber nichts Verdächtiges aufgefallen.«

»Das müssen Sie uns schon genauer schildern«, verlangte Ruth.

Lothar zog mürrisch die Augenbrauen zusammen. »Kann ich Ihnen das nicht auch unter vier Augen erzählen?«

»Hast du etwa Geheimnisse vor uns?«, spottete Mischa.

Lothar verzog das Gesicht. »Stell dir vor: Es gibt auch Leute, die nicht aus jeder Begebenheit eine reißerische Anekdote zusammenzimmern, um Eindruck bei anderen zu schinden. Und zu denen gehöre ich!«

Mischa lächelte frostig. »Nun sei nicht gleich beleidigt, Mann.«

»Möchten Sie uns auf die Wache begleiten, Herr Brüning?«, erkundigte sich Ruth.

Der Filmarchitekt schüttelte hastig den Kopf. »Ich habe nichts verbrochen«, beeilte er sich zu versichern. Dann deutete er zum Kai hinüber. Die Anlegestelle, wo die Krabbenkutter entladen wurden, war derzeit unbesetzt und der Pier – von ein paar Kisten abgesehen – leer. »Gehen wir dorthin, wenn Sie einverstanden sind.«

»Von mir aus.« Ruth deutete einladend in die angegebene Richtung. »Nach Ihnen, Herr Brüning.«

Von Ruth und Hagen dicht gefolgt, schritt der Filmarchitekt auf die Wasserkante zu. Seine Schultern hochgezogen, bewegte er sich ungelenk und steifbeinig. Dass er sich in seiner Haut unwohl fühlte, war ihm deutlich anzusehen.

*

»Sie hatten am Abend also auf der *Garnell 1* zu tun gehabt«, sagte Ruth, da Lothar Brüning keine Anstalten machte, etwas zu sagen. Er stand dem Hafenbecken zugekehrt da und blickte auf die ruhige

Wasserfläche hinaus. Ein Paar Seeschwalben zischten auf der Jagd nach Insekten dicht über das in der Sonne glitzernde Nass hinweg. Ein Ausflugsdampfer hatte abgelegt und tuckerte auf seinem Weg ins Leyhörner Sieltief am Yachthafen vorbei. Die Bugwelle brachte die kleinen weißen Boote zum Schaukeln.

»Um wie viel Uhr haben Sie sich denn nun auf dem Krabbenkutter aufgehalten?«, fragte Ruth. »Und wie lange waren Sie dort?«

Lothar vergrub die Hände tiefer in den Hosentaschen und zuckte mit den Schultern. Diese Schutzhaltung hatte der sonnengebräunte Mann vorhin schon einmal eingenommen, stellte Ruth für sich fest. »Es muss so etwa um halb elf Uhr abends gewesen sein«, sagte er nun endlich. »Ich hatte noch ein paar Fischernetze aufgetrieben, die ich zu Dekorationszwecken auf dem Deck des Kutters platzieren wollte.« Erneut zuckte er mit den Schultern. »An Bord der *Garnell 1* sah es mir ein wenig zu steril aus. Diese nagelneuen Gerätschaften wirken überhaupt nicht authentisch. Es fehlte der Look einer Arbeitsstätte, auf der auch tatsächlich gearbeitet wird. Natürlich darf es aber auch nicht schäbig wirken, und dennoch …« Er brach ab und starrte ins Leere.

»Sie haben also ein altes Fischernetz an Bord gebracht«, half Ruth dem Mann auf die Sprünge.

»Ja«, antwortete dieser einsilbig.

»Und dabei ist Ihnen Anne Jaffer begegnet«, sagte Hagen im Tonfall einer nüchternen Feststellung.

Lothar nickte zögernd, den Blick noch immer aufs Wasser gerichtet. »Ich hatte sie erst nicht bemerkt. Sie stand am Bug und schaute einem der Krabbenkutter hinterher, die gerade zur nächtlichen Fangfahrt aufbrachen. Ich habe mich ganz schön erschreckt … und sie sich auch.«

»Und dann?«, fragte Ruth.

»Nichts und dann«, sagte der Filmarchitekt und drehte sich zu den Kriminalisten um. »Wir haben ein paar Worte gewechselt, während ich das Fischernetz um den Vormast drapiert habe.«

Ruth musterte den Mann kritisch. »Was für einen Eindruck hatte Anne auf Sie gemacht?«

»Sie wirkte irgendwie ganz zufrieden«, erwiderte Lothar leichthin. »Sie hatte so ein gewisses Leuchten in den Augen, wissen Sie.«

»Das müssen Sie mir genauer erklären.«

Lothar furchte unwillig die Stirn. »Sie sah glücklich aus, verdammt. Als hätte sie gerade ... nun ja, ein schönes Erlebnis gehabt.« Er grinste kurz.

»Anne hatte sich zuvor mit Heinrich Bloom gestritten«, wandte Hagen ein. »Das wird für sie doch eher unschön gewesen sein.«

»Von diesem Streit wusste ich nichts«, gab Lothar zurück. »Ich war mit dem Auto unterwegs gewesen, um die Fischernetze abzuholen. Was im Hotel zwischen Anne und Heinrich vorgefallen war, davon erfuhr ich erst später.«

»Was hat Anne an Bord des Kutters zu Ihnen gesagt?«, erkundigte sich Ruth.

»Daran erinnere ich mich nicht mehr so genau.« Lothar zog eine Hand aus der Tasche und kratzte sich im Nacken. »Es waren wohl nur Belanglosigkeiten«, behauptete er. Als er die Hand erneut in seine Hosentasche vergraben wollte, packte Ruth seinen Unterarm und hielt diesen fest.

»Was soll das?«, begehrte der Filmarchitekt auf und versuchte vergeblich, seinen Arm zu befreien. Aber Ruth hatte ihn fest im Griff.

Mit der freien Hand zog die Hauptkommissarin den Jackenärmel ihres Gegenübers zurück und deutete dann auf die helle Hautpartie, die ringförmig um das sonnengebräunte Handgelenk verlief. »Sie pflegen offenbar für gewöhnlich eine Uhr zu tragen«, stellte sie sachlich fest.

Jetzt gab sie den Arm des Mannes endlich frei. Ungestüm strich Lothar den Ärmel über das Handgelenk zurück. »Und wenn schon!«

»Was ist denn mit Ihrer Uhr?«, erkundigte sich Ruth unverfänglich. »Haben Sie sie etwa verloren?«

»Ich weiß es nicht«, gab Lothar unwirsch zurück. »Was spielt das für eine Rolle?«

»Eine große, weil wir Ihre Uhr womöglich gefunden haben«, sagte Hagen, der rasch begriffen hatte, warum seine Chefin sich für das Handgelenk des Filmarchitekten interessierte.

»Was? Das kann nicht sein!«, erwiderte Lothar unwirsch.

Ruth sah den Mann lauernd an. »Weil Sie vermuten, dass Ihre Uhr ins Wasser gefallen ist?«, fragte sie.

»Keine Ahnung, was Sie damit andeuten wollen.«

»Im Bugfender der *Garnell 1* wurde eine Armbanduhr sichergestellt«, erläuterte Hagen. »Sie wird von unseren Kollegen der Spurensicherung gründlich untersucht werden. Mich würde nicht

56

wundern, wenn die Spezialisten herausfinden, wem diese Uhr gehört.« Das war eine kühne Behauptung, aber Hagen gab sich überzeugt und selbstsicher, damit in Lothar keine Zweifel aufkamen.

Die Wangenmuskeln des Filmarchitekten mahlten. »Gut möglich, dass es meine Uhr ist«, räumte er ein. »Ich … vermisse sie, seit ich diese Fischernetze an Bord brachte.«

»Ihre Armbanduhr hat eine Faltschließe, richtig?«, hakte Ruth nach.

»So ist es«, gab Lothar zerknirscht zu.

»Diese Klappverschlüsse öffnen sich manchmal von selbst, wenn ruppig damit umgegangen wird«, erläuterte Ruth. »Zuviel Druck auf den Sicherungsknopf und schon rutscht sie einem vom Handgelenk.«

»Sie sagen es. Das passiert schnell einmal.«

»Als Sie Ihre Uhr verloren haben, müssen Sie sich am Bug des Kutters aufgehalten haben«, brachte sich Hagen erneut ein. »Sie wurde ja schließlich am Bugfender hängend gefunden.«

»Ja und?«

»Als Ihnen diese Uhr vom Handgelenk rutschte, müssen Sie Anne folglich sehr nahe gewesen sein«, überlegte Hagen laut. »Am Bug dieser Krabbenkutter ist nicht viel Platz. Für zwei Personen wird es da schon ziemlich eng.«

Lothar sah die Kriminalisten entgeistert an. Abwehrend hob er die Hände und schüttelte vehement den Kopf. »Ich habe ihr nichts angetan, das schwöre ich!«, rief er. Verschämt sah er zu den Filmleuten hinüber, als befürchtete er, sie könnten gehört haben, was er gesagt hatte. Mit gedämpfter Stimme fuhr er fort: »Ich … Anne, sie …« Er rang die Hände. »Verflucht, sie sah so verführerisch aus. Und es war ihr deutlich anzusehen, dass sie kurz zuvor gerade etwas … etwas gehabt haben musste.«

»Sie meinen, dass sie intimen Verkehr gehabt hatte«, konkretisierte Ruth mit neutraler Stimme. Dass dies so gewesen war, hatten Dr. Fixlmillner und sein Kollege Max Engel unzweifelhaft herausgefunden.

Lothar verzog gequält das Gesicht. »Ja!«

»Und dann?«, fragte Hagen mit lauerndem Unterton. »Was haben Sie dann gemacht?«

»Ich … ich wollte … ich habe Anne gefragt, ob sie nicht auch mit mir was anfangen wollte.« Er stieß die Hände in seine Hosentaschen.

»Und wie hat Anne auf Ihr Ansinnen reagiert?«, erkundigte sich Ruth.

Lothar zuckte mürrisch mit den Schultern. »Sie hat mich abgewiesen.«

»Und das hat Sie dann ziemlich aus der Fassung gebracht«, vervollständigte Hagen.

»Ich bin kein schlechter Kerl«, rief Lothar mit ehrlicher Empörung. »Warum sollte eine attraktive Frau nichts mit mir haben wollen? Das verstehe ich nicht!«

Ruths Miene verfinsterte sich. »Sie haben also versucht, sich gewaltsam zu nehmen, was Anne Ihnen nicht freiwillig geben wollte«, sagte sie, obzwar sie dies in diesem Fall nicht als sehr wahrscheinlich erachtete, denn Dr. Fixlmillner hatte bei der Leiche keine Abwehrspuren oder Anzeichen eines Kampfes gefunden. Dennoch sprach sie diesen Verdacht aus. Lothar sollte begreifen, wie schlecht es um ihn stand, wenn er nicht mit der Wahrheit rausrückte.

»Ich habe sie weder geschlagen oder zu irgendetwas gezwungen«, beteuerte er. »So einer bin ich nicht!« Er atmete tief durch, wie um Mut zu sammeln für das, was er nun sagen wollte. »Es gab ein kleines Handgemenge, eine Rangelei, mehr nicht. Dabei muss der Verschluss meiner Uhr aufgesprungen sein. Ich dachte wirklich, das teure Stück wäre ins Wasser gefallen.« Er rieb sich die Wange. »Anne scheuerte mir eine und wurde laut. Da … da habe ich eben gemacht, dass ich wegkomme. Ich bin wütend davongestapft und habe ihr zugerufen, dass sie Ärger kriegen würde, wenn sie jemanden von dem Vorfall erzählt.«

»Sie haben doch nicht wirklich geglaubt, dass Anne sich davon einschüchtern lassen würde?«, sagte Ruth.

»Es war ja nichts Weltbewegendes zwischen uns vorgefallen«, gab Lothar barsch zurück. »Selbst wenn Anne den anderen von dem Vorfall erzählt hätte, mehr als ein kameradschaftlich-missbilligendes Kopfschütteln hätte mir das nicht eingebracht.«

»Sexuelle Belästigung am Arbeitsplatz ist ein ernstes Thema«, entgegnete Hagen. »Dieser Vorwurf hätte Ihnen durchaus den Job kosten können. Die Menschen sind sensibler geworden, was dieses Problemfeld anbelangt. Und das wissen Sie auch!«

Ein lauernder Ausdruck trat in Lothars Gesicht. »Sie wollen mir diesen Mord wohl unbedingt zur Last legen, nicht wahr? Aber Sie sind auf dem Holzweg. Ich habe Anne nichts angetan – abgesehen von meinen vielleicht ein bisschen zu ungestümen Annäherungsversuchen.«

»Warum sollten wir Ihnen das glauben?«, fragte Ruth, die noch immer den Eindruck hatte, dass der Filmarchitekt ihnen nicht die ganze Wahrheit aufgetischt hatte. Und solange sie dies glaubte, war sie bereit, ihn mit allen ihr zur Verfügung stehenden Mitteln unter Druck zu setzen. »Jeder, dem Sie erzählen würden, was Sie uns gerade erzählt haben, würde Sie als tatverdächtig einstufen; inklusive des Staatsanwaltes, wie ich betonen möchte.«

Lothar schien plötzlich um einige Zentimeter zu schrumpfen. Er ließ die Schulter hängen und zog den Kopf ein. Sein bräunlicher Teint war um einige Nuancen blasser geworden. Offenbar wuchs in ihm gerade die Erkenntnis heran, dass ihm keine Wahl blieb, als den Kriminalisten die vollständige Wahrheit zu erzählen.

Er rieb sich mit den Händen übers Gesicht. »Wenn ich Ihnen die ganze Geschichte erzähle, werden Sie mir noch viel weniger glauben«, sagte er und sah schamhaft zu Boden. »Oder mich für einen erbärmlichen Feigling halten.«

»Lassen Sie es auf einen Versuch ankommen«, gab Ruth versöhnlich zurück. »In Ihrem eigenen Interesse.«

Lothar atmete tief durch. Und dann begann er zu erzählen.

*

»Nach dieser Ohrfeige bin ich von Bord gestürmt und in meinen Wagen gestiegen«, berichtete Lothar Brüning, während er mit den Blicken dem Flug einer Möwe folgte, die am sommerlichen Himmel ihre Kreise zog. »Ich raste die Rampe hoch und fuhr die Sielstraße ein Stück entlang.« Er rieb sich kurz den Nacken und ließ die Hand gleich darauf erneut in der Hosentasche verschwinden. »Als ich vor der beleuchteten Kirche anlangte, hielt ich an. Ich glaube, dort ist mir erst so richtig bewusst geworden, wie scheiße ich mich verhalten hatte.« Er presste die Lippen aufeinander. »Ob Sie es glauben oder nicht, beim Anblick dieses alten gotischen Gotteshauses bekam ich ein schlechtes Gewissen. Ich fragte mich, warum zum Teufel ich mich bei Anne nicht für mein unmögliches Verhalten entschuldigt hatte.«

»Das wäre das Mindeste gewesen, was Sie hätten tun sollen«, bestätigte Hagen.

Mit den Händen in den Hosentaschen schaute Lothar zu den am Ende des Kais festgemachten Krabbenkuttern hinüber. Auf dem Pier war einiges los. Spaziergänger flanierten an den schmucken Kuttern vorbei, und Schaulustige drängten sich vor dem Absperrband der Polizei, das den Bereich vor der *Garnell 1* abtrennte.

»Ich ließ den Wagen vor der Kirche stehen und ging im Dunkeln zurück zu den Anlegern«, sagte Lothar wie zu sich selbst und deutete mit einem Kopfnicken in seine Blickrichtung. »Ich sprang hinüber an Bord der *Garnell 1*.« Er schluckte trocken. »Zuerst dachte ich, Anne hätte den Kutter verlassen, denn sie war nirgendwo zu sehen. Aber dann … dann entdeckte ich sie.« Lothar riss die Hände aus den Taschen und fasste sich an den Kopf. »Es drang nur ein bisschen Licht von den Lampen der Kaianlage herüber. Und dann sah ich sie plötzlich. Sie lag im Schatten dieser Sortiermaschine. Und eine Gestalt beugte sich über sie.«

Ruth war plötzlich wie elektrisiert. »Konnten Sie die Person erkennen?«

Lothar schüttelte den Kopf. »Der Fremde hatte mir den Rücken zugekehrt. Seine Kleidung wirkte irgendwie schlotterig. Und er hatte eine Kapuze auf.« Der Filmarchitekt ließ die Arme sinken und schüttelte sich. »Es war regelrecht unheimlich. Ich bekam es mit der Angst zu tun!«

Hagen furchte die Stirn. »Was geschah dann?«

Lothar machte eine unwillige Geste. »Nichts geschah dann«, sagte er gereizt. »Ich hab zugesehen, dass ich mich aus dem Staub machte. So leise, wie ich an Bord gekommen war, bin ich auch wieder verschwunden.«

Hagen sah den Mann perplex an. »Es kam Ihnen nicht in den Sinn, Anne zu helfen?«

»Wenn ich gewusst hätte, dass sie in Gefahr schwebt, hätte ich es womöglich getan!«, wurde Lothar aufbrausend. »Ich wusste aber doch nicht, was da gerade abging.«

»Aber Sie hatten schon den Eindruck, dass irgendetwas nicht stimmte«, warf Ruth ein. »Ansonsten hätten Sie ja wohl kaum Angst verspürt.«

»Ich habe nicht nachgedacht«, gestand Lothar. »Ich handelte impulsiv. Jetzt, da ich weiß, dass Anne ermordet wurde, da … da mache ich mir natürlich Vorwürfe.« Er lächelte verunglückt. »Obwohl … vielleicht war es ganz schlau von mir, mich zu verdrücken. Womöglich hätte dieser Kerl mir auch was angetan, wenn er mich bemerkt hätte. Vielleicht hätten Sie es dann jetzt mit zwei Leichen zu tun gehabt!«

Hagen schüttelte fassungslos den Kopf.

»Sie glauben, dass es ein Mann war, der sich über Anne beugte«, kam Ruth noch einmal auf den Bericht des Filmarchitekten zurück.

»Ich denke schon, dass es ein Mann gewesen war«, bestätigte Lothar ausdruckslos. »Hundertprozentig sicher bin ich mir nicht. Wie gesagt, ich bin sofort abgehauen. Ich stand nicht da und habe lange geschaut. Stattdessen bin ich zur Kirche zu meinem Wagen gerannt, bin rein und davongefahren.«

Er warf Hagen einen betretenen Blick zu. »Bestimmt halten Sie mich jetzt für einen Feigling.«

Hagen nickte kalt, sagte aber nichts.

»Wie viel Uhr war es, als Sie mit Ihrem Auto davonfuhren?«, blieb Ruth sachlich.

Lothar zuckte mit den Schultern. »Es muss etwa elf, halb zwölf gewesen sein; genau weiß ich es nicht.«

»Sie waren ja auch damit beschäftigt, die Flucht zu ergreifen«, kommentierte Hagen frostig. »Da achtet man natürlich nicht auf die Uhrzeit.«

Ruth verzichtete darauf, ihren Partner zurechtzuweisen. »Was haben Sie dann gemacht?«, fragte sie den Filmarchitekten stattdessen.

»Ich bin zum Hotel gefahren und hab mich in meinem Zimmer eingeschlossen.«

»Und als Sie heute Morgen erfuhren, dass Anne mit eingeschlagenem Schädel an Bord der *Garnell 1* aufgefunden wurde, da haben Sie nicht daran gedacht, dass der unheimliche Fremde damit womöglich etwas zu tun haben könnte?«, fragte Hagen mit ätzendem Spott in der Stimme.

»Es wurde doch zuerst von einem Unfall ausgegangen«, rechtfertigte sich Lothar. »Dass es Mord war, davon wurden wir von Ihnen eben erst informiert.«

»Dennoch musste Ihre Skriptfrau Sie daran erinnern, endlich den Mund aufzumachen«, gab Hagen barsch zurück. »Wenn Sie es nicht getan hätte, hätten Sie diesen nächtlichen Vorfall überhaupt nicht …«

Ruth brachte ihren Kollegen mit einer knappen Geste zur Raison. Hagen reagierte prompt und verstummte, funkelte den Filmarchitekten jedoch zornig an.

»Wir müssen Sie bitten, uns zur Polizeistation zu begleiten«, richtete Ruth nun erneut das Wort an Lothar Brüning. »Wir müssen Ihren Bericht zu Protokoll nehmen. Und wir benötigen eine DNS-Probe von Ihnen.«

Die Miene des Mannes verfinsterte sich. »Zählen Sie mich etwa noch immer zu den Tatverdächtigen?«, fragte er beunruhigt.

»Sie bleiben so lange im Fadenkreuz unserer Ermittlungen, bis wir den Mörder gefunden haben«, gab Ruth gelassen zurück. »Und jetzt folgen Sie uns bitte.« Sie drehte sich weg und marschierte los.

Lothar rührte sich nicht vom Fleck. »Können wir das nicht später erledigen?«, fragte er unleidig. »Was werden meine Kolleginnen und Kollegen denken, wenn Sie mich jetzt mit sich nehmen?«

»Das werden Sie gleich herausfinden!« Mit diesen Worten packte Hagen den Mann hart am Arm und nahm ihn in den Polizeigriff.

Kapitel 4

Ruth Fasan überließ es Hagen Reese, den Filmarchitekten Lothar Brüning erneut zu befragen und ein Protokoll seiner Aussage anzufertigen. Zu diesem Zweck hatte Hagen den Mann in den Vernehmungsraum der kleinen Polizeiwache geführt, ein nicht sehr geräumiges, nur mit einem Tisch und zwei Stühlen ausgestattetes Zimmer, das direkt neben der Arrestzelle lag. Hagen hatte es sich nicht nehmen lassen, Lothar diese Zelle vorzuführen, während er ihn zum Verhörraum brachte.

Die gesamte Strecke vom Drehort bis zur Ankerstraße, wo sich die Polizeistation befand, hatte Hagen den Mann am Kragen gepackt und zu Fuß durch die Straßen geführt. Ruth war mit ihrem E-Bike langsam vorausgefahren und hatte hin und wieder über ihre Schulter zurückgeblickt, um sich zu vergewissern, dass Hagen es mit seinem Vorgehen nicht übertrieb. Das Verhalten, das Lothar Brüning in der Mordnacht an den Tag gelegt hatte, konnte Ruth nur missbilligen, aber dennoch ließ sie sich nicht dazu hinreißen, ihren Unmut darüber an dem Filmarchitekten auszulassen. Hagen tat dies ebenfalls nicht, aber er war kurz davor, und aus diesem Grund hatte Ruth ein Auge auf ihrem jungen Kollegen gehabt.

Während sie jetzt an ihrem Schreibtisch in dem unter Denkmalschutz stehenden Giebelhaus saß, machte sie sich keine Sorgen mehr, dass Hagen während der Vernehmung und der Protokollierung der Kragen platzen könnte. Der Fußmarsch hatte das Gemüt des jungen Kommissars abgekühlt, nicht zuletzt auch deswegen, weil er es genossen hatte, den Filmarchitekten zuerst an seinen Kollegen vorbei und dann anschließend durch die Ansammlungen von Schaulustigen und Touristen vorbeizuführen. Die Blicke, mit denen Lothar währenddessen bedacht worden war, waren für diesen Strafe genug gewesen und hatten Hagen mit Genugtuung erfüllt.

Ruhigen Gewissens wandte sich Ruth daher der Arbeit zu, die es für sie nun zu erledigen galt; und die bestand hauptsächlich aus nachdenken und kombinieren.

Vorerst ging Ruth gedanklich davon aus, dass Lothar Brüning ihnen die Wahrheit gesagt hatte, und diese unheimliche Gestalt, die sich über die am Boden liegende Anne Jaffer gebeugt hatte, wirklich existierte. Die Identität dieser Person herauszufinden, hatte für die Hauptkommissarin jetzt oberste Priorität.

Ruth legte den Zeigefinger an ihren Mund und tippte im Takt ihrer Gedanken mit der Fingerkuppe sanft gegen ihre Lippen. Wie sie es während solcher auf Überlegungen basierender Polizeiarbeit stets handhabe, orientierte sie sich an den Fakten und Informationen, die ihr bisher vorlagen. Allgemeine Spekulationen und Mutmaßungen blendete sie dabei zumeist aus, denn ihrer Erfahrung nach verwässerten diese das logische Denken nur und führten dazu, sich haltlos zu verzetteln.

Kurz vor Annes Tod und nicht lange, nachdem sie sich mit Heinrich Bloom, den Runner, gestritten hatte, hatte Anne intimen Verkehr mit einem bisher noch unbekannten Mann gehabt, überlegte Ruth im Stillen. Heinrich will es nicht gewesen sein, und Ruth fragte sich, ob es ratsam war, ihm dies auch zu glauben. Aus welchem Grund Heinrich den Geschlechtsverkehr mit Anne hätte leugnen sollen, darüber machte sich Ruth noch keine Gedanken, denn es ging ihr bei diesen Überlegungen nicht um Hypothesen, sondern um Fakten. Gewissheit über den Wahrheitsgehalt von Heinrichs Aussage ließ sich nur erlangen, wenn sie einen Abgleich zwischen seiner DNS und der des Spermas durchführen ließ, das in Annes Hose sichergestellt wurde und sich aller Wahrscheinlichkeit auch in ihrem Körper befand.

Ruth nahm den Finger von ihren Lippen. Bereits ihre ersten Gedankengänge wiesen ein nicht unerhebliches Manko an Informationsgehalt auf, erkannte sie. Dem musste zuerst Abhilfe geschaffen werden.

Sie griff nach dem Telefon auf ihrem Schreibtisch und stellte eine Verbindung zu Alice Bergmanns Handy her, die im Hafen noch immer die Absperrung sicherte. Die Streifenpolizistin nahm den Anruf gleich nach dem zweiten Klingeln entgegen.

»Moin Chefin«, drang Alice' Stimme aus dem Hörer.

»Sie klingen ja schon bedeutend fröhlicher als heute Morgen«, stellte Ruth fest.

»Weil ich voller Hoffnung bin, dass Sie mich gleich von meiner undankbaren Aufgabe erlösen werden, dieses öde Absperrband zu bewachen«, erwiderte Alice. »Also erzählen Sie mir lieber nicht, dass Sie mich nur deshalb angerufen haben, um mir mitzuteilen, dass ich hier die Stellung halten soll.«

»Ich kann Sie beruhigen«, erwiderte Ruth. »Ich habe tatsächlich eine wesentlich spannendere Aufgabe für Sie vorgesehen.«

»Die da wäre?«

»Ich benötige von sämtlichen Mitgliedern der Filmcrew eine DNS-Probe. Allerdings nur von den männlichen«, fügte sie rasch hinzu.

Ruth hörte, wie Alice durchatmete. »Offenbar kommen nur noch Männer als Mörder von Anne Jaffer infrage«, stellte sie fest. »Das ist eine gute Nachricht.«

»Es wäre noch immer denkbar, dass es eine Frau gewesen ist«, erwiderte Ruth zurückhaltend.

Alice stöhnte gequält auf. »Aber warum sollen denn dann nur Männer eine DNS-Probe abgeben?«

»Das dient allein der Wahrheitsfindung.« Ruth setzte sich in ihrem Bürosessel zurecht. »Hören Sie, Alice. Ich biete Ihnen hier gerade die Möglichkeit, mit Katharine Selma zusammenzukommen. Womöglich ergibt sich für Sie eine Gelegenheit, ein paar Worte mit Ihrer Lieblingsschauspielerin zu wechseln oder sie gar um ein Autogramm zu bitten, während Sie von ihren männlichen Kollegen Speichelproben nehmen.«

»Auf diese Weise wollen Sie also Ihr Versprechen einlösen, ein Treffen zwischen Frau Selma und mir zu arrangieren?«, fragte Alice pikiert. »Ich werde Wattestäbchen in die Münder von Kerlen stecken, um einen Abstrich von deren Schleimhaut zu machen, und nebenbei frage ich Katharine, ob sie vielleicht ein Selfie mit mir machen will?« Es folgte ein freudloses Lachen. »Schon wieder geht mir das Verständnis für Ihre Art von Humor vollständig ab, Frau Hauptkommissarin.«

»Sie werden das Beste daraus machen, davon bin ich überzeugt«, gab Ruth heiter zurück. »Wie weit sind denn die Kollegen von der Spurensicherung mit der Untersuchung des Tatorts vorangekommen?«, wechselte sie dann das Thema.

»Das Mordopfer ist zum Abtransport bereit«, berichtete Alice unterkühlt. »Es wird gleich ein Leichenwagen eintreffen, der den leblosen Körper nach Emden in die Gerichtsmedizin fahren wird. Herr Engel meint aber, dass die *Garnell 1* noch für mindestens einen weiteren Tag gesperrt bleiben sollte. Für eventuelle Nachuntersuchungen.«

»Sind Sie dort denn jetzt abkömmlich?«, erkundigte sich Ruth.

»Sobald der Leichenwagen fort ist, kann ich meinen Posten bedenkenlos verlassen«, beteuerte Alice. »Die Kollegen von der Spusi werden dann auch ohne meine Unterstützung zurechtkommen.«

»Brrr«, machte Ruth und schüttelte sich. Diese verniedlichende Abkürzung, die Alice für die Spurensicherung verwendet hatte, fand sie einfach nur fürchterlich, und das wusste die Streifenpolizistin auch. Alice hatte dieses Akronym absichtlich verwendet, um Ruth den makabren Scherz heimzuzahlen, den sie sich mit ihr erlaubt hatte. Und um Alice zu bedeuten, dass ihr dies auch gelungen war, machte Ruth noch einmal: »Brrr!«

Alice kicherte schadenfroh und unterbrach die Verbindung.

*

Nachdem Ruth sichergestellt hatte, dass ihre Überlegungen auf ein solides Fundament gestellt wurden, sobald die Ergebnisse der DNS-Analysen vorlagen, legte sie erneut den Finger an die Lippen und begann zu grübeln.

Mit einem Ergebnis der Gen-Abgleiche wäre frühestens im Laufe des morgigen Vormittags zu rechnen, bis dahin würde sie ihre Überlegungen, wer der geheimnisvolle Unbekannte sein könnte, den Lothar Brüning an Bord der *Garnell 1* gesehen haben wollte, ein wenig offener gestalten müssen. Daher rechnete sie den Runner vorerst erneut zum Kreis der Verdächtigen hinzu. Immerhin war es nicht auszuschließen, dass er das Hotel nach dem Streit mit Anne unbemerkt verlassen hatte, um ihr zu folgen und ihr an Bord des Krabbenkutters dann einen tödlichen Schlag auf den Hinterkopf zu versetzen. Ein Tatmotiv hätte er allemal gehabt. Allerdings wurmte es Ruth nach wie vor, nicht zu wissen, wie der mutmaßliche Geschlechtsverkehr, der zwischen den beiden stattgefunden haben könnte, in dieses Schema hineinpassen sollte. Oder hatte Heinrich Anne am Ende dabei beobachtet, wie sie sich einem anderen Mann hingab? War dies womöglich der Auslöser für seine Tötungsabsicht gewesen?

Da sie diese Fragen vorerst nicht weiterbrachten, wandte sie sich in Gedanken erneut dem Filmarchitekten zu. Auch von Lothar Brüning würde eine DNS-Probe genommen werden, auf deren Auswertung Ruth bis zum morgigen Tag warten musste. Sollte sich dabei herausstellen, dass es seine Samenflüssigkeit war, die an Anne sichergestellt wurde, würde sie umgehend einen Haftbefehl gegen ihn erwirken. Aber auch hier stellte sich Ruth die Frage, wie der einvernehmliche Sex in dieses Bild passte. Anne war aller Wahrscheinlichkeit nach nicht vergewaltigt worden. Warum also hätte Lothar Brüning sie umbringen sollen, wenn er tatsächlich mit ihr geschlafen hatte, was er allerdings behauptete, nicht getan zu haben?

Ruth rieb sich mit den Händen übers Gesicht. In welche Richtung sie ihre Gedanken auch lenkte, sie kam dabei nicht auf einen grünen Zweig!

»Dieser Fremde mit der Kapuze über dem Kopf«, murmelte sie. »Wer bist du und in welcher Beziehung hast du zu Anne Jaffer gestanden?« Sie blies die Wangen auf und ließ hörbar Luft entweichen. »Und bist du überhaupt der Mörder? Oder war Anne bereits tot, als du dich über sie beugtest?«

In diesem Moment schwang die Tür auf. Hagen blieb auf der Schwelle stehen und verschränkte die Arme vor der Brust. »Sind Sie sich wirklich sicher, dass ich diesen Burschen auf freien Fuß setzen soll?«, rief er Ruth zu.

»Wenn Sie mit dem Protokoll fertig sind und eine DNS-Probe von ihm genommen haben, gibt es keinen Grund, Lothar Brüning noch länger festzusetzen«, erläuterte Ruth, um Geduld bemüht. Dass sie mit ihren Überlegungen auf der Stelle trat, wurmte sie.

Hagen verzog das Gesicht. »Können wir ihn nicht eine Nacht hierbehalten?«, fragte er. »Nur, um zu überprüfen, ob ihn das mürbe macht und er uns morgen dann womöglich eine andere Version der Geschehnisse an Bord der *Garnell 1* erzählt.«

»Sie glauben ihm nicht?«

Hagen zuckte ratlos mit den Schultern. »Gut möglich, dass er sich nur deswegen als Feigling darstellt, um seine Täterschaft zu vertuschen.«

»Und aus welchem Grund sollte Lothar Brüning die junge Schauspielerin umgebracht haben?«

»Weil sie sich ihm verweigert hat«, gab Hagen rau zurück.

»Annes Körper wies aber weder Abwehrspuren noch Anzeichen eines Kampfes auf«, gab Ruth zu bedenken.

»Abgesehen von dem tödlichen Schlag auf den Hinterkopf«, erwiderte Hagen.

Ruth blinzelte überrumpelt. »Sie halten es für möglich, dass Lothar nicht lange gefackelt hat, nachdem er von Anne eine Abfuhr erhielt. Er schlug sie brutal von hinten nieder und tötete sie?«

»Denkbar wäre es.« Ein harter Unterton schlich sich in Hagens Stimme. »Möglicherweise wollte er sie gar nicht umbringen, sondern nur ausschalten. Aber der Schlag fiel zu heftig aus.«

Ruth lehnte sich unbehaglich in ihrem Bürosessel zurück. »Wenn Lothar Anne nur ausschalten wollte, wie Sie sagen, wird eine Absicht dahintergesteckt haben.«

Hagen biss die Zähne aufeinander, sodass seine Wangenmuskeln deutlich hervortraten. »Ja«, sagte er dann nur.

Ruth nickte wissend. »Ich weiß, worauf Sie hinauswollen: Lothar wollte Anne bewusstlos schlagen, um sich anschließend zu nehmen, was sie ihm verwehrte.«

Hagen schluckte trocken. »Ja.«

»Sie vermuten, dass das Sperma von ihm stammt?«

Hagen zuckte mit den Schultern. »Nicht zwangsläufig. Eventuell hat er ein Kondom benutzt. Er hatte Anne angesehen, dass sie zuvor Sex hatte und das hat ihn angemacht. Und als er von ihr nicht bekam, was er wollte, rastete er aus. Und dann … dann machte er sich über sie her.«

Ruth krauste die Stirn. »Sollte es tatsächlich so gewesen sein, wird seine Handlung am Körper seines leblosen Opfers Spuren hinterlassen haben. In solchen Fällen bleiben Abschürfungen und kleine Verletzungen im Intimbereich zurück. Die wird Doktor Fixlmillner bei der genaueren Untersuchung der Leiche zwangsläufig finden, sollte es sie denn tatsächlich geben.«

Hagen ließ die Arme sinken. »Und?«, fragte er fordernd. »Sollen wir Lothar Brüning nun eine Nacht in die Arrestzelle sperren oder nicht?«

Ruth atmete tief durch und schüttelte dann den Kopf. »Das halte ich nicht für gerechtfertigt. Was Sie sich da ausmalen, ist schrecklich und wäre in jedem Fall verabscheuungswürdig. Allerdings gibt es keine Beweise.«

»Die werden uns aber morgen vorliegen«, erwiderte Hagen aufgebracht.

»Sie sagen es: morgen. Und bis dahin werden wir uns gedulden.«

»Aber was ist, wenn Lothar Brüning schuldig ist und unsere Großzügigkeit zur Flucht nutzt?«

Ruth seufzte. »Wenn, wenn, wenn«, sagte sie gereizt. »Glauben Sie, Staatsanwalt Hennings würde aufgrund Ihrer Mutmaßungen einen Haftbefehl gegen Lothar Brüning erwirken?«

Hagen zog mürrisch die Augenbrauen zusammen. »Wohl kaum«, musste er einräumen.

»Aus diesem Grund halte ich es auch für Schikane, die Zeit des Filmarchitekten länger als unbedingt nötig in Anspruch zu nehmen. Begleiten Sie den Herren also jetzt bitte vor die Tür. Und vergessen Sie nicht, ihm einen schönen Tag zu wünschen.«

Hagen starrte seine Chefin einen Moment lang bockig an. Dann wirbelte er herum, schlug die Tür hinter sich zu und stapfte mit hörbaren Schritten davon.

Ruth massierte sich mit Daumen und Zeigefinger die Nasenwurzel. Das erste Mal, seit sie mit Hagen Reese zusammenarbeitete, hatte sie den Eindruck, dass ein Kriminalfall ihn an seine Belastungsgrenze brachte. Sie konnte es diesem jungen Kommissar jedoch gut nachfühlen. Die Thematik, die sich ihnen während der Ermittlungen aufgetan hatte, war harter Tobak. Es war kein Wunder, dass ihm diese Sache naheging. Umso wichtiger war es, diesem in der Praxis noch relativ unerfahrenen Kommissar beizubringen, sich in seinem Urteilsvermögen von seinen Emotionen nicht beeinflussen zu lassen. Hagen dazu zu zwingen, trotz seiner ungeheuerlichen Vermutung, den von ihm Verdächtigten auf freien Fuß zu lassen, war genau der richtige Weg, dies zu erreichen, hoffte Ruth. Diese Lektion würde Hagen auch dann verinnerlichen, sollte sich am Ende herausstellen, dass er mit seiner Vermutung recht hatte. Denn auch in diesem Fall musste er begreifen, dass Willkür kein probates Mittel war, um in einer Mordermittlung voranzukommen.

*

Weitere zwei Stunden lang erledigte Ruth an ihrem Computer Schreibarbeit, eine lästige Tätigkeit, die sie für gewöhnlich gerne ihrem Partner überließ. Aber Hagen war selbst mit Bürokram beschäftigt und machte nicht den Eindruck, als wäre er bereit, seiner Chefin Arbeit abzunehmen. Verbissen und mit düsterer Miene füllte er an seinem Rechner Formulare aus und vervollständigte Polizeiprotokolle.

Von der kollegialen, unverkrampften Atmosphäre, die in dem Büro üblicherweise herrschte, war momentan nichts zu merken. Sie hatte sich verflüchtigt. Stattdessen lastete ein brütendes Schweigen über den beiden Kriminalisten.

Schließlich hielt Ruth es in der Polizeiwache nicht mehr aus. Sich mit Hagen auszusprechen, verspürte sie keine Lust. Sollte er doch vor sich hin schmollen und sich den Kopf zerbrechen. Das, was ihn jetzt so sehr beschäftigte, musste er aus eigener Kraft bewältigen, Ruth konnte und wollte ihm dabei nicht helfen.

Die Hauptkommissarin schaltete ihren Computer aus, stand auf und schnappte sich ihr Jackett. Während sie auf die Tür zuschritt, rief sie Hagen zu, dass sie für heute Feierabend machen würde, was dieser mit einem kaum merklichen Kopfnicken und ohne von seinem Bildschirm aufzusehen quittierte.

Ruth drückte die Bürotür hinter sich zu und befand sich nun in Alice Bergmanns Reich. Dieser erstreckte sich bis zum Empfangstresen, auf dessen gegenüberliegender Seite sich der Wartebereich für Besucher anschloss. Momentan gab es keinen Publikumsverkehr. Alice saß vor der schmalen Arbeitsfläche, die auf halber Höhe auf ihrer Seite des Tresens verlief.

»Sie sind auf Ihrem Posten?«, wunderte sich Ruth, da Alice sich bei ihr nicht zurückgemeldet hatte, was sie sonst zu tun pflegte.

»So ist es«, gab die Streifenpolizistin frostig zurück, ohne sich zu ihr umzudrehen.

Ruth ahnte Ungemach, klappte das Verbindungsteil des Tresens hoch, begab sich in den Wartebereich und stellte sich an den Tresen, sodass sie Alice ins Gesicht sehen konnte. »Wie ist es gelaufen?«, erkundigte sie sich.

»Wie nicht anders zu erwarten gewesen war.« Jetzt endlich sah Alice zu ihr auf. »Frau Selma hat nur die Nase gerümpft, als ich sie um ein Selfie mit mir bat.« Sie richtete den Oberkörper steif auf. »Was macht denn das für einen Eindruck, wenn ich mit einer uniformierten Polizistin abgelichtet werde«, gab sie die Worte der Schauspielerin mit verstellter Stimme wieder, die unverkennbar geringschätzig klang.

»Das tut mir leid«, sagte Ruth mit aufrichtigem Bedauern, seufzte dann aber übertrieben erleichtert. »Es lag also gar nicht an den Wattestäbchen, mit denen Sie in den Rachen von Frau Selmas Kollegen herumfuhrwerkten, dass sie Sie abgewiesen hat.«

Alice schüttelte den Kopf. »Das hätte ich ja noch verstanden.«

Ruth klopfte begütigend auf die Tresenplatte. »Das nächste Mal, wenn ich Sie mit einem Auftrag zur Filmcrew schicke, befehle ich Ihnen, dies in Zivilkleidung zu tun«, versicherte sie. »Das wird Frau Selma dann sicherlich günstiger stimmen.«

»Das wäre nett.«

Ruth musste plötzlich an die rätselhaften Bemerkungen von Katharine und Arne denken, die sie während der Befragungen beim Set unten am Kai geäußert hatten. Arne hatte angedeutet, Katharine hätte vor Jahren eine schwere Zeit durchgemacht, und wollte damit das seltsame Verhalten seiner Hauptdarstellerin während dieser Befragung entschuldigen. Weil Hagen das Gespräch durch eine Frage dann in eine andere Richtung lenkte, hatte Ruth keine Gelegenheit gehabt, an dieser Stelle nachzuhaken. Dennoch waren ihr diese Andeutungen nicht aus dem Kopf gegangen. Sie stellten einen verwaschenen, unkenntlichen Fleck in dem Gesamtbild dar, das sie sich von diesem Mordfall zu machen versuchte.

Womöglich wusste Alice über diesen Schicksalsschlag Bescheid, den es im Leben der Schauspielerin mutmaßlich gegeben hatte?

»Wie gut wissen sie über das Leben von Frau Selma Bescheid?«, erkundigte sie sich nun bei der Streifenpolizistin.

Alice sah sie über den Tresen hinweg mit leuchtenden Augen an. »Ich bilde mir ein, über Katharine recht gut informiert zu sein«, sagte sie und rutschte unruhig auf ihrem Stuhl hin und her. »Was wollen Sie denn wissen?«, fragte sie, als befände sie sich in einer Quizshow, in der ihr Wissen über die Schauspielerin auf die Probe gestellt werden sollte.

»Es gab da wohl irgendeinen schlimmen Schicksalsschlag«, setzte Ruth an. Aber Alice ließ sie nicht ausreden.

»Der Tod ihres Ehemannes!«, platzte es aus ihr hervor. »Thorsten Wohley war sein Name.«

»Wohley?«, hakte Ruth verwundert nach.

Alice nickte bestätigend. »Sie haben richtig gehört. Dass der Regisseur denselben Nachnamen trägt, ist kein Zufall. Er ist nämlich der jüngere Bruder von Katharines ums Leben gekommenen Ehemannes.«

»Das ist bemerkenswert«, murmelte Ruth.

71

Alice setzte eine betrübte Miene auf. »Das ist eine traurige Geschichte mit dem Tod von Thorsten Wohley.« Sie schüttelte den Kopf. »Es gab da so einen fanatischen Fan. Ein Mann, der Katharine abgöttisch anhimmelte und krankhaft eifersüchtig war. Eines Nachts brach er in die Villa der Schauspielerin ein und tötete deren Ehemann.«

»Thorsten Wohley wurde ermordet?«

Alice nickte beipflichtend. »Dieser Verrückte … er hat Katharines Mann mit einer ihrer Filmtrophäen erschlagen, während er im Bett lag und schlief. So jedenfalls wurde es in der Presse damals berichtet.«

»Wie entsetzlich!« Ruth rieb sich überlegend das Kinn. »Das erklärt, warum Katharine Selma von Arne Wohley weitgehend abgeschirmt wird. Dieses traumatische Erlebnis hat ihre Beziehung zu ihren Fans sicherlich nachhaltig verändert.«

»Sie ist ängstlich geworden«, bestätigte Alice. »Seit diesem Vorfall lebt sie zurückgezogen und hat den Kontakt zu ihren Fans eingeschränkt.«

»Verständlich.«

Alice zuckte verstimmt mit den Schultern. »Ihre Fans können ja nichts dafür; sie werden für das bestraft, was dieser Irre angerichtet hat.«

»Von der Polizei hat Katharine anscheinend aber eine hohe Meinung«, erinnerte sich Ruth. »Sie plädierte nachdrücklich für eine Zusammenarbeit mit uns in diesem Mordfall.«

»Polizistinnen in Uniform scheint sie allerdings nicht zu mögen«, merkte Alice säuerlich an.

»Wie haben denn die Männer reagiert, als sie hörten, dass von ihnen eine DNS-Probe verlangt wird?«, wechselte Ruth jetzt das Thema.

»Begeistert waren sie nicht gerade«, berichtete Alice. »Aber es hatte sich auch keiner geweigert. Sie haben eingesehen, dass diese Proben für die Ermittlungsarbeit der Kripo nötig sind.« Erneut sah sie zu Ruth auf. »Die Filmleute wollten von mir unbedingt wissen, aus welchem Grund Hagen Lothar Brüning abgeführt hat.«

»Und was haben Sie daraufhin geantwortet?«

»Dass ich es nicht wüsste, was ja auch der Wahrheit entsprach. Als ich mit der Entnahme der Proben fertig war, erschien der Filmarchitekt dann aber plötzlich auf der Bildfläche. Seine Kolleginnen und Kollegen bestürmten ihn mit Fragen. Doch er behauptete, dass alles würde auf einem Missverständnis beruhen, er wäre gar nicht verhaftet worden, sondern nur von einem jungen übereifrigen Polizisten zur Befragung in die Greetsieler Polizeiwache geleitet worden.«

»Was ja auch mehr oder weniger stimmt«, merkte Ruth halblaut an.

Alice deutete mit dem Daumen zur Bürotür des Kommissariats. »Was ist denn los bei Ihnen?«, fragte sie. »Die Luft in Ihrem Büro ist zum Schneiden dick. Direkt unheimlich, wie still es darin ist. Ich habe mich gar nicht getraut, anzuklopfen und hineinzugehen. Wann habe ich Sie beide so konzentriert auf Ihren Tastaturen herumhacken gehört, ohne dass dabei ein Wort gefallen wäre? Noch nie!«

Ruth zuckte bedauernd mit den Schultern. »Lernprozesse sind mitunter schmerzhaft«, sagte sie.

Alice verzog den Mund. »Armer Hagen«, sagte sie, als ahnte sie, was vorgefallen war. Dann lächelte sie. »Aber er kann sich dennoch glücklich schätzen, eine so gute Lehrmeisterin an seiner Seite zu haben.«

Ruth sah Alice mit gespielter Verwunderung an. »Sie können ja sogar ganz charmant sein«, stellte sie fest.

Alice grinste entwaffnend. »Nicht wahr?« Dann setzte sie eine geschäftsmäßige Miene auf. »Die DNS-Proben habe ich per Kurier ins Emdener Polizeilabor geschickt«, erläuterte sie. »Und die Kollegen von der Spurensicherung haben im Hafen vorerst auch ihre Zelte abgebrochen. Es dürfte dort also bald wieder Ruhe einkehren. Die *Garnell 1* bleibt aber vorerst abgeriegelt.«

Ruth nickte zufrieden, verabschiedete sich von der Streifenpolizistin und verließ das denkmalgeschützte Friesenhaus.

*

Mit dem Fahrrad machte sich Ruth auf den Weg in ihr Deichhaus. Mit wehem Herzen dachte sie daran, dass sie ihr strohgedecktes Friesenhaus mit dem stolzen Kapitänsgiebel verlassen vorfinden würde. Felix Seitz, der Mann, in den sie sich verliebt hatte und mit dem sie seit etlichen Monaten eine Beziehung pflegte, war gestern mit seinem Küstenboot der Wasserschutzpolizei zur großen Revierfahrt aufgebrochen und würde erst in einigen Tagen nach Greetsiel kommen, da er während der kurzen Landaufenthalte im Hafen von Emden in seiner eigenen Wohnung nächtigen wollte. Bis diese Phase vorbei war, würde Ruth auf Felix' anregende Gesellschaft verzichten müssen.

Während sie kräftig in die Pedale trat und ihr eine frische Meeresbrise um die Nase wehte, fühlte sie, wie die Anspannung, die der aktuelle Mordfall in ihr hervorgerufen hatte, langsam von ihr wich. Der weite blaue Himmel, über den ein paar Schäfchenwolken hinwegeilten, die Seevögel, die sich mit ausgebreiteten Schwingen vertrauensselig dem Wind hingegeben hatten, und die zahlreichen Besucher dieses malerischen Fischerdorfes, die entspannt umherschlenderten und sich dem unverwechselbaren Charme von Greetsiels Hafen hingaben, all dies trug dazu bei, dass sich die Schatten lichteten, die sich auf Ruths Gemüt gelegt hatten. Einmal mehr spürte die Hauptkommissarin die heilsame Wirkung dieses eigensinnigen Landstrichs. Sie fühlte sich wie ausgewechselt, während sie auf der Deichkrone dahinradelte. Jetzt freute sie sich sogar auf die Ruhe und Abgeschiedenheit, die sie zu Hause erwarteten. Sie nahm sich vor, ein Buch zur Hand zu nehmen, es sich mit einem heißen Kräutertee in ihrem Strandkorb auf der Veranda gemütlich zu machen und entspannt in einem Roman zu schmökern.

Kapitel 5

Als Ruth Fasan am nächsten Morgen in der Polizeiwache erschien, war Alice Bergmann bereits zugegen.

»Unser neuer Mordfall schlägt in der Presse bereits hohe Wellen«, sagte sie zur Begrüßung und überreichte Ruth die aktuelle Ausgabe des *Krummhörner Boten*, eine hiesige Tageszeitung, die sich großer Beliebtheit erfreute.

Ruth nahm das Presseerzeugnis dankend entgegen und überflog die Titelseite. Der Leitartikel war groß aufgemacht. *Mord auf einem Greetsieler Krabbenkutter,* prangte die Überschrift in fetten Lettern auf der ersten Seite. Bebildert war der anschließende Text mit einem Foto der abgeriegelten *Garnell 1* nebst Einsatzwagen der Spurensicherung.

Ruth erinnerte sich an die Frau mit den langen blonden Haaren und der professionellen Fotokamera, die ihr gestern unter den Schaulustigen aufgefallen war, die sich vor dem Absperrband der Polizei versammelt hatten.

Sie sah nach, wer den Artikel geschrieben hatte. Und tatsächlich: Eine Frau hatte ihn verfasst. Ihr Name lautete Edna Pollack. Ob sie mit der besagten blonden Frau identisch war, wollte Ruth noch herausfinden. In dem Artikel wurde der Name Katharine Selma deutlich hervorgehoben. Ebenso wurde Hagens und Ruths Namen erwähnt. Die Journalistin hatte gründlich recherchiert; der Bericht beinhaltete Informationen, von denen nur gut unterrichtete Personen Kenntnis haben konnten. Edna Pollak schrieb ausführlich über den Auftraggeber des Werbeclips, der auf dem Kutter gedreht werden sollte. Das Logo der Garnell-Kette wurde ebenso abgebildet, wie das Foto eines der Schnellrestaurants.

»Ihr Name wird gar nicht genannt«, kritisierte Ruth und gab Alice die Zeitung zurück. »Eine unverzeihliche Nachlässigkeit seitens dieser Reporterin.«

Alice grinste breit. »Diese nett gemeinte Ironie habe ich diesmal verstanden«, freute sie sich.

Ruth lächelte gewinnend. »Sollten wir am Ende langsam eine gemeinsame Scherzebene finden, Alice?«

Die Streifenpolizistin verzog den Mund. »Ich habe mich eigentlich schon daran gewöhnt, dass wir mit unserem Humor aneinander vorbeischießen, Frau Hauptkommissarin.«

»Für Veränderungen sollte man immer offen bleiben«, mahnte Ruth scherzend.

Die Eingangstür schwang auf und Hagen Reese betrat den Wartebereich. »Moin«, grüßte er fröhlich in die Runde.

»Sie scheinen guter Dinge zu sein«, merkte Alice zufrieden an, nachdem sie und Ruth den Gruß erwidert hatten.

Hagen gab sich unbeschwert. »Warum denn auch nicht?«

»Gestern haben Sie ein Gesicht gezogen wie drei Tage Regenwetter«, rief Alice ihm in Erinnerung.

Hagen winkte ab. »Da hatte ich ja auch eine harte Nuss zu knacken gehabt.«

»Und, hat sie Ihnen gemundet?«, erkundigte sich Ruth.

»Was?«, fragte Hagen verständnislos.

»Die Nuss, die Sie geknackt haben; ob sie Ihnen geschmeckt hat? Denn Ihrem jetzigen Gemütszustand nach zu urteilen, ist es Ihnen gelungen, die harte Schale aufzubrechen und an den Kern heranzukommen.«

Hagen lächelte leicht befremdet. »Ich habe meine Lektion gelernt, wenn Sie das meinen.«

»Wie kommt's?«, wollte Alice wissen.

Der junge Kommissar atmete tief durch. Es schien ihm nicht recht zu behagen, den beiden Frauen von seinem Lernprozess zu berichten. »Dünya hat mir gesagt, dass ich in Bezug auf Lothar Brüning überreagiert habe. Und ich denke, sie hat recht damit. Ich habe mich von meinen Emotionen mitreißen lassen.«

»Sie haben Ihrer Freundin von unseren Ermittlungen erzählt?«, fragte Ruth missbilligend.

»Es ging dabei nicht um inhaltliche Dinge«, versicherte Hagen. »Dünya wollte bloß wissen, was mich emotional so sehr beschäftigte. Ich habe wohl irgendwie abwesend auf sie gewirkt. Daraufhin habe ich ihr von meinen Gefühlen erzählt.«

»Dünya scheint einen günstigen Einfluss auf Sie auszuüben«, merkte Alice gerührt an.

»Das tut sie in der Tat«, bestätigte Hagen, und ein glückliches Strahlen huschte über sein Gesicht. Dann warf er Ruth einen scheuen Blick zu. »Allerdings habe ich heute Morgen nachgesehen, ob ich mit meinem Verdacht danebenlag. Ich habe dem Hotel Krabbenschere einen Besuch abgestattet. Und tatsächlich: Lothar

Brüning befand sich unter den Frühstücksgästen. Er ist nicht getürmt, wie ich befürchtet hatte.«

»Das hat nichts zu sagen«, gab Ruth zurück.

Hagen furchte die Stirn. »Was soll das denn jetzt heißen?«

»Ob der Filmarchitekt schuldig ist oder nicht, wird sich erst noch herausstellen müssen«, antwortete Ruth geduldig. »Das lässt sich nicht allein an seinem aktuellen Verhalten festmachen, für das es mannigfaltige Gründe geben könnte. Worauf es ankommt, sind Fakten und Beweise. Das habe ich versucht, Ihnen verständlich zu machen!«

Hagen nickte zerknirscht. »Schon begriffen. Wollen wir uns denn jetzt endlich an die Arbeit machen?« Er klappte das Durchgangsstück des Tresens hoch und marschierte auf die Bürotür des Kommissariats zu.

*

»Das ist ja ein Ding!« Fassungslos stierte Hagen die auf seinem Bildschirm dargestellten Ergebnisse der DNS-Abgleiche an.

Ruth stand hinter seinem Bürosessel und sah ihm über die Schulter. »Das hätte ich nun auch nicht erwartet«, sagte sie perplex.

Der Bericht des forensischen Labors in Emden war vor wenigen Minuten per Datenübertragung in der Greetsieler Polizeistation eingetroffen. Das Datenpaket beinhaltete zahlreiche Listen, in denen die Vergleiche der untersuchten Gensequenzen dargestellt wurden. Keine der DNS-Proben, die von der Filmcrew genommen worden war, zeigte eine Übereinstimmung mit den Genen der Spermarückstände, die bei der Leiche sichergestellt wurden. Weder Heinrich Bloom noch Lothar Brüning hatten mit Anne Jaffer kurz vor ihrer Ermordung ungeschützten Geschlechtsverkehr gehabt. Auch keiner der anderen Männer, die für FineClip an dem Werbespot mitwirkten, war zur fraglichen Zeit mit der jungen Schauspielerin intim geworden.

Dennoch gab es einen Treffer. Dies allerdings nur, weil eine Mitarbeiterin der Spurensicherung eine Probe des Erbrochenen eingetütet hatte, das sie an Deck der *Garnell 1* entdeckt hatte. Aus der Kotze eines Menschen konnte Desoxyribonukleinsäure extrahiert werden, wenn sich die Probe im guten Zustand befand, was hier offenbar der Fall gewesen war. Der Abgleich der dadurch gewonnenen DNS mit den Genen aus der Samenflüssigkeit ergab eine hundertprozentige Übereinstimmung. Allerdings konnten die Kollegen von der Spurensicherung das Erbrochene keiner Person zuordnen, denn sie wussten nicht, wer es ausgespien hatte.

Ruth aber wusste, wer sich an Bord der *Garnell 1* übergeben hatte, als er die Leiche von Anne Jaffer zu Gesicht bekommen hatte. »Der junge Krabbenfischer Hanno Wolf«, sagte sie. »Von dem stammen diese DNS-Spuren!« Sie erläuterte Hagen, um wen es sich bei diesem Mann handelte: »Hannos Vater gehört die *Greetchens*. Der entdeckte die Leiche an Bord der *Garnell 1*. Als sein Sohn Hanno daraufhin zusammen mit dem Hafenmeister an Bord des Kutters ging, um nachzusehen, was es mit der reglos daliegenden Person auf sich hatte, musste er sich übergeben, als er den zertrümmerten Schädel der jungen Frau erblickte. Jedenfalls nahm ich an, dass dies der Grund für Hannos heftiges Unwohlsein gewesen ist.«

Hagen nickte verstehend. »Der schlimme Anblick nahm ihn aus einem anderen Grund so stark mit.«

»Er kannte Anne Jaffer, war ihr sogar nahe gekommen, so nahe, wie man einem anderen Menschen nur kommen kann.«

Hagen drehte sich halb zu seiner Chefin um. »Die Krabbenfischer müssten kürzlich von ihren Fangfahrten in den Greetsieler Hafen zurückgekehrt sein«, sagte er. »Höchstwahrscheinlich werden wir Hanno Wolf an Bord der *Greetchens* noch antreffen. Wir müssen uns sofort auf den Weg machen!«

Ruth hob beschwichtigend die Hände. »Zuerst werden wir den Abschlussbericht von Doktor Fixlmillner durchgehen«, bestimmte sie. »Der wurde uns nämlich ebenfalls zugeschickt.«

Hagen rief die Datei des Gerichtsmediziners auf und öffnete sie. Aufmerksam lasen die beiden Kriminalisten den Bericht durch.

»Keine Anzeichen von Gewalteinwirkung im Intimbereich der Toten«, fasste Ruth zusammen. »Dass sich jemand an der Leiche vergangen hat, kann demnach ausgeschlossen werden.«

Hagen rieb sich den Nacken. »Lothar Brüning hat Anne Jaffer also wirklich nichts angetan.«

»Zumindest hat er sich nicht an ihr vergangen. Weder vor noch nach ihrem Tod«, erwiderte Ruth.

Hagen kaute nervös auf seiner Unterlippe herum. »Meine Befürchtungen diesbezüglich waren komplett unbegründet, so viel steht schon mal fest.«

»Das schließt Lothar Brüning als Tatverdächtigen in diesem Mordfall jedoch nicht aus«, stellte Ruth klar.

Hagen nickte gefasst. »Aber jetzt ist eine neue Person ins Spiel gekommen: Hanno Wolf!«

Ruth streifte sich ihr Jackett über. »Und den werden wir uns jetzt vorknöpfen. Kommen Sie, Hagen. Ein weiterer Besuch des wunderschönen Hafens von Greetsiel steht für uns an!«

*

Hanno bürstete mit einem Schrubber den Kessel, in dem die Krabben gekocht wurden, sobald sie aus den Netzen befreit worden waren. Dies geschah noch während die Kutter auf Fangfahrt auf dem Meer herumschipperten, sodass die Krabben bereits ihre rötliche Farbe angenommen hatten, wenn sie später im Hafen an Land gebracht wurden. Hanno bewegte die Bürste emsig vor und zurück und verteilte dabei eine schaumige Lauge. Er war so sehr in seine Arbeit vertieft, dass er nicht mitbekam, wie Ruth Fasan und Hagen Reese an Bord der *Greetchens* kamen. Er bemerkte die Ermittler erst, als diese plötzlich neben ihm auftauchten.

Hanno richtete sich auf und wischte mit dem Handrücken Schweiß von seiner Stirn. »Moin«, sagte er bloß, aber mit unüberhörbarer Zurückhaltung.

Fred, Hannos Vater, der im Steuerhaus zu tun gehabt hatte, öffnete jetzt die Tür seines Verschlags und schaute mit strenger Miene zu den Eingetroffenen herüber. »Is dat so'n Maner, mien Kähn onbedenkt to betreden?«, rief er mürrisch herüber.

»Wir müssen uns mit Ihrem Sohn unterhalten«, gab Hagen sachlich zurück.

Die Miene des Fischers verfinsterte sich. »Worüm dat denn?«

»Vielleicht erklären Sie Ihrem Vater, warum wir uns dringend mit Ihnen unterhalten müssen«, schlug Ruth Hanno vor.

»Is al goud, Vadder. Dat hett allens sien Richtigkeit!«, rief Hanno seinem Vater daraufhin zu.

Fred stieg dennoch die Leiter hinab. »Hest du wat utfreten, Jung?«, fragte er unwirsch.

»Nee, heff ik nich. Allens best!«

»Wenn allens goud is, wat hett denn de Polizei up mien Boot to söken?« Mit in die Hüften gestemmten Fäusten baute sich der

Fischer vor seinem Sohn auf. Dann wandte er sich an Ruth. »Ik will direkt weten, wat an de Hand is!«, verlangte er.

Ruth bedachte Hanno mit einem auffordernden Blick.

»Dat geiht üm de junge Fro, de du doröver op de *Garnell 1* ontdeckt hest«, erläuterte er daraufhin seinem Vater zögernd.

Fred riss besorgt die Augen auf. »Hast du mit ehren Ableben etwa wat to doon?«

»So'n Unsinn!«, fuhr Hanno seinen Vater an, presste dann aber verzagt die Lippen aufeinander. »Aver ik harr wat mit ehr.«

»Du Tollpatsch!«, wetterte sein Vater drauflos. »Datt du aber ok nich de Fingers von disse jungen Deerns laten kannst!« Er winkte ab, drehte sich um und kletterte die Leiter zum Steuerhaus empor. »Kiek to, as du dat allene wedder in de Reeg kriggst!«, schimpfte er.

Hanno lächelte verlegen. »Ein so verwegener Gigolo, wie mein Vater mich da gerade hingestellt hat, bin ich gar nicht«, versicherte er. »Ich lass eben nur nichts anbrennen, wenn sich mir eine Gelegenheit bietet.«

»Und wie kam es in Anne Jaffers Fall dazu, dass sich diese Gelegenheit für Sie ergab?«, wollte Hagen unumwunden wissen.

Hanno ließ den Schrubber in den Kessel gleiten. »Das traf mich völlig unvorbereitet, ehrlich!« Er deutete zu den Netzen hinüber, die schwer von den hochgeklappten Auslegern herabhingen. »Vorgestern Nacht war das«, berichtete er. »Es gab noch was an den Flaschenzügen der Baumkurren zu reparieren, bevor es aufs Meer ging. Mein Vater machte zu Hause noch ein Nickerchen und ich werkelte an Bord unseres Kutters herum. Die Scheinwerfer waren auf die Mechanik gerichtet, damit ich im Dunkeln arbeiten konnte.« Hanno lächelte frivol. »Und natürlich stand auch meine stattliche Erscheinung im Scheinwerferlicht. Und dann … dann tauchte sie plötzlich an meiner Seite auf. Ich hab gar nicht mitgekriegt, wie sie an Bord gekommen war. Womöglich hatte sie mich auch schon eine Weile beobachtet.«

»Sie sprechen von Anne Jaffer?«, vergewisserte sich Ruth.

Hanno nickte, und ein versonnener Ausdruck machte sich auf seinem Gesicht breit. »Wir wechselten nur ein paar Worte, und dann wurde es auch schon kuschelig.« Er blies die Wangen auf und ließ hörbar Luft entweichen. »Die ging ganz schön ran, das sage ich Ihnen. Ich fragte sie, ob mit ihr alles in Ordnung wäre, denn irgendwie kam mir das Ganze ein bisschen komisch vor. Aber sie meinte, ich solle nicht so viel quatschen und ging mir an die Wäsche.« Hanno zuckte mit den Schultern. »Na ja, dann habe ich eben den Mund gehalten und hab sie machen lassen.« Er deutete zum Vordeck hinüber. »Dort haben wir uns dann geliebt«, sagte er unverblümt. »Anschließend lagen wir noch eine Weile rum und haben in die Sterne gekuckt.«

»Es kam Ihnen nicht in den Sinn zu verhüten?«, fragte Ruth wie nebenbei.

Hanno errötete leicht, was bei seinem gesunden Teint nicht leicht zu erkennen war, der Hauptkommissarin aber trotzdem nicht entging. »Das war dumm von mir«, gestand er. »Aber ... ab einem gewissen Punkt habe ich einfach nicht mehr nachgedacht. Und Anne ... sie hat auch nichts in diese Richtung gesagt.« Er machte eine vage Geste. »Das war einfach ein spontaner Akt; wir lebten nur für den Moment.«

»Um wie viel Uhr hatte das alles stattgefunden?«, wollte Ruth nun wissen.

Hanno überlegte kurz. »Es muss etwa halb zehn gewesen sein, als Anne zu mir kam. Nicht ganz eine Stunde später hat sie dann ihre Sachen zusammengerafft und hat den Kahn verlassen.«

»Sie ist also von sich aus gegangen?«

Hanno nickte. »Sie hatte drüben auf der *Garnell 1* noch was zu erledigen, meinte sie.« Er lächelte und schüttelte wie über sich selbst den Kopf. »Es war ganz gut, dass sie losgezogen ist, denn wenige Minuten später kam mein Vater an Deck. Den hatte ich bei all dem nämlich ganz vergessen.«

»Worüber haben Sie und Anne geredet, während Sie sich den Sternenhimmel angeschaut haben?«, fragte Hagen.

Hanno zuckte mit den Schultern. »Anne erzählte mir von ihrem verflossenen Freund. Sie hatte mit ihm zuvor einigen Frust erlebt. Anscheinend wollte er sie an sich binden. Und damit war die Sache für sie erledigt.« Hanno verzog einen Mundwinkel. »Ich mache mir nichts vor. Anne hat sich nur über mich hergemacht, um über diese Sache mit ihrem Ex hinwegzukommen. Und ich habe ihr gerne dabei geholfen.«

»Um halb elf sind Sie und Ihr Vater dann mit der *Greetchens* zur Fangfahrt aufgebrochen, ist das richtig?«, hakte Ruth nach.

Hanno nickte.

»Als Sie Anne am nächsten Morgen tot auf dem Deck der *Garnell 1* liegen sahen, kam Ihnen das nicht seltsam vor?«, brachte Hagen sich erneut ein.

Hanno wich dem Blick des Kommissars aus. »Es ... war schrecklich«, sagte er rau. »Ich war wie geschockt.« Jetzt sah er Hagen unverwandt an. »Und mir war plötzlich speiübel.«

»Sie hatten von vornherein den Verdacht gehabt, dass es kein Unfall gewesen ist«, erinnerte sich Ruth.

Hanno nickte niedergeschlagen. »Sie aber auch«, erwiderte er. »Die Spuren waren ziemlich eindeutig.«

»Und aus welchem Grund haben Sie es nicht für nötig befunden, mir von Ihrem Erlebnis mit Anne Jaffer zu berichten?«, fragte Ruth streng. »Sie behaupteten sogar, nicht einmal ihren Namen zu kennen.«

Unwillig furchte Hanno die Stirn »Das war mir alles zu privat. Ich dachte, dass das alles nur mich und ... und Anne etwas anging.« Er sah Ruth aufgewühlt an. »Wie haben Sie überhaupt davon erfahren, dass ich in jener Nacht mit ihr intim wurde?«

Ruth erklärte es dem jungen Mann, woraufhin dieser puterrot anlief. »Meine Kotze und mein Sperma haben mich verraten«, sagte er mit säuerlich verzogenem Gesicht. »Das ist nichts, wovon ich meinen Kumpels voller Stolz berichten könnte.«

»Hatte Anne Ihnen erzählt, was sie auf der *Garnell 1* vorhatte?«, wechselte Ruth das Thema.

Hanno nickte. »Sie wollte sich dort mit Udo Steffens treffen.«

»Wer ist Udo Steffens?«, fragte Hagen leicht ungehalten, da schon wieder ein neuer Name ins Spiel gekommen war.

Hanno deutete zur *Garnell 1* hinüber, vor der die *Greetchens* am Kai festgemacht hatte. »Das ist der Eigner dieses aufgehübschten Kahns, wissen Sie das denn nicht?«

Ruth und Hagen sahen sich kurz an.

»Ne, das war uns nicht bekannt«, musste Ruth gestehen. »Kennen Sie denn den Grund für dieses nächtliche Treffen mit dem Bootseigner?«

Hanno hob kurz eine Schulter. »Anne war aufgefallen, dass mit dem Krabbenkutter was nicht stimmte. Sie meinte, es sei gefährlich, darauf zu arbeiten.«

»Und darüber wollte sie mit Herrn Steffens sprechen?«, hakte Ruth nach.

»Das meinte sie zumindest«, erwiderte Hanno.

»Das ist doch alles irgendwie merkwürdig«, äußerte sich Hagen unzufrieden.

Hanno beugte sich in den Bottich und schnappte sich die Bürste. »Kann ich jetzt weiterarbeiten?«, fragte er und hielt den Schrubber empor. »Es gibt an Bord noch eine Menge zu tun, ehe ich mich endlich aufs Ohr hauen kann!«

»Tun Sie sich keinen Zwang an.« Ruth drehte sich dem Steuerhaus zu und winkte Hannos Vater zu, der mit finsterer Miene auf sie herabsah. Dann fiel ihr plötzlich noch etwas ein und sie drehte sich erneut zu dem jungen Krabbenfischer um.

»Als die *Greetchens* in jener Nacht zur Fangfahrt aufbrach, hatten Sie da noch einmal zur *Garnell 1* zurückgeschaut?«

»Klar«, erwiderte Hanno. »Ich habe Anne zum Abschied zugewunken. Sie stand am Bug der *Garnell 1*. Aber sie rührte sich nicht.« Er seufzte. »Keine Ahnung, ob sie mich nicht gesehen hatte oder einfach nur keine Lust verspürte, mir ebenfalls zuzuwinken.«

»War Anne zu diesem Zeitpunkt allein?«

Hanno furchte nachdenklich die Stirn. »Ich denke, ja. Ganz sicher bin ich mir allerdings nicht. Die Lichtverhältnisse waren ziemlich schlecht, wissen Sie.« Er machte eine unbestimmte Bewegung mit der Bürste. »Ich hatte jedenfalls nur Augen für Anne – bis mein Vater mich dann lauthals daran erinnerte, dass ich mich auf einem Krabbenkutter befand, der gerade auf dem Weg zur Schleuse war. Von da an bestand der Rest der Nacht bis zu den frühen Morgenstunden nur noch aus Mühe und Anstrengung.«

Ruth nickte verstehend. Die Krabbenfischer von Greetsiel hatten keinen leichten Job, wie sie wusste. Hinter dem, was in den Augen eines Touristen urtümlich-traditionell und bodenständig anmuten mochte, verbarg sich knochenharte, disziplinierte Arbeit.

Um die Abläufe an Bord der *Greetchens* nicht länger zu stören, machten sich Ruth und Hagen auf, den Krabbenkutter zu verlassen. Kaum hatte sie festen Boden unter den Füßen, da klingelte Ruths Handy. Alice Bergmann war am anderen Ende der Verbindung.

»Frau Hauptkommissarin«, sagte die Streifenpolizistin steif. »Vor mir steht ein Mann, der äußerst ungehalten ist. Es ist ein Krabbenfischer, um genau zu sein. Und er verlangt zu wissen, wann die Polizei seinen Kahn endlich freigibt.«

Eine polternde Stimme war jetzt im Hintergrund zu hören.

»Heißt der Mann Udo Steffens?«, erkundigte sich Ruth, obwohl sie die Antwort bereits zu kennen glaubte.

»So ist es«, bestätigte Alice. »He!«, rief sie im nächsten Augenblick. »Geben Sie mir sofort das Telefon zurück!«

»Spreche ich mit der zuständigen Ermittlerin?«, drang nun die raue Stimme eines Mannes an Ruths Ohr.

»Ich denke, es war ein Fehler, Frau Bergmann das Telefon aus der Hand zu reißen«, gab sie gelassen zurück. »Ich an Ihrer Stelle würde ihr den Hörer sofort zurückgeben.«

Poltern und Rumoren waren plötzlich zu vernehmen. Und als die Stimme des Mannes kurz darauf erneut aufklang, schien sie weit entfernt und gepresst. Kurz darauf tönte erneut Alice Sprechorgan aus dem Handylautsprecher. Die Streifenpolizistin klang ein wenig kurzatmig, aber dennoch vergnügt. »Soll ich das rüde Vorgehen von Herrn Steffens als tätlichen Angriff gegen eine Polizeibeamtin werten?«, erkundigte sie sich.

»Belassen Sie es bei einer Verwarnung«, riet Ruth ihr. »Und dann lassen Sie mich bitte mit dem Herrn sprechen.«

Ruth wartete ab, bis Alice den Mann abgekanzelt hatte. Dabei stellte sie ihr Handy lauter, damit Hagen mithören konnte, was in der Polizeiwache vor sich ging.

Ein dünnes Lächeln erschien auf Hagens Gesicht, als er hörte, was Alice ihrem Widersacher alles verbal an den Kopf warf.

»Sie … Sie wollten mich sprechen?«, drang kurz darauf die leicht zerknirschte aber weitaus höflicher klingendere Stimme von Udo Steffens aus Ruths Handy.

»Ich möchte, dass Sie zum Hafen kommen«, wies sie den Mann an. »Wie es der Zufall will, stehe ich zusammen mit meinem Partner nämlich gerade vor Ihrem Kutter.«

»Wird die *Garnell 1* denn jetzt endlich freigegeben?«, wurde der Mann nun erneut aufbrausend.

»Das erfahren Sie, wenn Sie vor Ort erscheinen.« Mit diesen Worten unterbrach Ruth die Verbindung.

»Es erübrigt sich also, den Aufenthaltsort von Udo Steffens zu ermitteln«, äußerte sich Hagen zufrieden. »Er kommt von sich aus zu uns.«

»Und er wird uns einiges zu erklären haben«, bestätigte Ruth. Dann wählte sie die Telefonnummer von Max Engel, dem Chef der Spurensicherung. Sollte es an Bord der *Garnell 1* irgendetwas zu beanstanden geben, wie Annes Verhalten vermuten ließ, müsste ihm und seinen Kollegen dies während der Untersuchungen des Krabbenkutters unweigerlich aufgefallen sein.

*

Udo Steffens war ein kleinwüchsiger Mann, der unter seiner traditionellen Fischerkluft beachtlichen Hüftspeck mit sich herumschleppte. Sein Körper wankte von rechts nach links, während er die Rampe zum Hafen hinabschritt. Krauses, rötliches Haar krönte seinen Kopf. Als er noch jung gewesen war, mochten seine Apfelbäckchen frisch und gesund ausgesehen haben, aber im Laufe der Jahrzehnte hatten sie an Spannkraft verloren und hingen jetzt wie die Lefzen eines Kampfhundes herab.

Ruth und Hagen erwarteten den Mann vor dem Absperrband der Polizei, das den Pier unmittelbar vor dem Kutter nach wie vor abriegelte. Die Begrüßung fiel frostig aus. Es gab unzählige Nuancen, mit denen ein Ostfriese sein »Moin« hervorzubringen vermochte. Sie hatten eine Kunst daraus entwickelt mit diesem einen Wort jedwede Gemütsverfassung auszudrücken. In diesem Fall wurde mit diesem Grußwort distanzierte, schlechte Laune bekundet, die sich unzweifelhaft gegen die beiden Personen richtete, die mit diesem Gruß bedacht wurden.

»Wie is es nun?«, fragte Udo Steffens brummig und deutete auf seinen königsblauen Kutter. »Wann können die Leute vom Film endlich an Bord meines Kahns?«

»Das kommt ganz darauf an«, erwiderte Ruth zurückhaltend.

»Und das wäre?«, erkundigte sich Udo gereizt. »Benno Garnell hat mich nämlich vorhin angerufen und gemeint, dass ich für die Tage, in denen mein Boot nicht für Dreharbeiten zur Verfügung steht, auch kein Geld sehen werde. Also machen Sie hin!«

Ruth beachtete die schroffe Art des Mannes nicht weiter, Hagen aber war deutlich anzusehen, dass ihn das unhöfliche Auftreten dieses Fischers aufregte.

»Vielleicht erzählen Sie uns erst mal von Ihrem Treffen mit Anne Jaffer«, sagte Ruth ungezwungen.

Udo starrte die Hauptkommissarin mit finsterer Miene an. »Wovon reden Sie?«

»Vorgestern Nacht wollte sich Anne mit Ihnen an Bord der *Garnell 1* treffen«, gab Ruth gelassen zurück.

»Wer sagt das?« Hektische Flecken zeichneten sich auf Udos Hängebacken ab.

»Unsere Nachforschungen«, fuhr Hagen den Mann an.

»Wir wissen, dass Anne den Zustand Ihres Kutters bedenklich fand«, sagte Ruth. »Und dass sie deshalb mit Ihnen reden wollte.«

»Und dieses Gespräch sollte ausgerechnet nachts stattfinden?«, fragte Udo in einem Tonfall, der Ruths Aussage ins Lächerliche ziehen sollte. »Aus welchem Grund hätte mich diese Schauspielerin denn nicht am Tag auf die angeblichen Mängel ansprechen sollen?«

»Gerade das wollen wir von Ihnen erfahren«, gab Ruth zurück.

»Es gilt übrigens als gesichert, dass die *Garnell 1* Mängel aufweist«, informierte Hagen den Mann. »Unseren Kollegen von der Spurensicherung ist nicht entgangen, dass permanent ein Rinnsal Wasser in den Maschinenraum eindringt. Ihr Kutter hat offensichtlich ein Leck.«

»Der ruinöse Zustand Ihres Bootes hat mir zu denken gegeben«, fügte Ruth hinzu, ehe Udo zu Wort kommen konnte. »Aus diesem Grund habe ich beim zuständigen TÜV angerufen. Und wissen Sie, was mir dort mitgeteilt wurde?«

Udo Steffens blickte sich verstohlen um. »Mein Kutter ist bei der letzten Überprüfung durch den TÜV durchgefallen«, gestand er dann mit verschwörerischer Stimme, als würde er die beiden Kriminalisten kumpelhaft in ein Geheimnis einweihen. »Aber das ist gar nicht weiter relevant. Die *Garnell 1* fährt ja nicht mehr zur See. Sie wird überhaupt nicht mehr bewegt, sondern liegt bis auf Weiteres an dieser Anlegestelle fest.«

»Es arbeiten jedoch Menschen an Bord, die darauf vertrauen, dass der Kahn keine Gefahr für sie darstellt«, erwiderte Ruth.

»Der Aufenthalt auf meinem Boot ist vollkommen unbedenklich«, versicherte Udo. »Das Bilgenwasser, das sich im Rumpf sammelt, pumpe ich jede Nacht ab. Es besteht also kein Grund zur Sorge.«

»Weiß Herr Garnell von dem Zustand des Kutters, den er für die Filmarbeiten seines Werbeclips angemietet hat?«, stellte Hagen dem Mann erneut eine Frage.

Udo hob abwehrend die Hände. »Natürlich nicht. Und er sollte es auch besser nicht erfahren. Sonst sehe ich am Ende nämlich keinen Cent von der Summe, die ich mit ihm als Pacht vereinbart habe.« Er sah die Kriminalisten eindringlich an. »Das Geld brauche ich, um meinen Kahn wieder flottzukriegen.«

»Es wurde aber doch einiges in die *Garnell 1* investiert«, wunderte sich Ruth. »Neuer Anstrich. Und auch die Sortiermaschine und die anderen Geräte sehen nagelneu aus.«

Udo winkte verächtlich ab. »Das sind alles bloß Attrappen. Diese Maschinen funktionieren gar nicht, sie sollen einfach nur chic aussehen. Zu mehr sind die nicht zu gebrauchen. Sobald der Dreh beendet ist, werden diese Blendwerke entfernt und durch meine alten Maschinen ersetzt, die ich in einem Schuppen zwischengelagert habe.«

»Wenn optisch alles so picobello aussieht, wie ist Anne denn dann auf die Idee gekommen, es könnte an Bord Ihres Kutters für sie gefährlich werden?«, wollte Ruth wissen.

»Ist sie das denn?« Udo machte ein ratloses Gesicht. »Also ich weiß davon nichts.«

»Sie waren vor zwei Nächten an Bord der *Garnell 1*, so viel steht fest!«, sagte Hagen barsch.

Udo blies die Wangen auf. »Woher wollen Sie das wissen?«

»Sie haben selbst gesagt, dass Sie jede Nacht die Pumpen anwerfen müssen, um das eingedrungene Wasser aus dem Rumpf ihres Bootes zu befördern!«, rief Hagen zornig.

Udo wiegte abwägend den Kopf. »Das habe ich gesagt, ja. Aber in jener Nacht …«

Ruth brachte den Mann mit einer herrischen Geste zum Schweigen. »Ich habe das Gefühl, dass Ihnen nicht ganz klar ist, dass wir hier in einem Mordfall ermitteln, Herr Steffens. Wenn wir den Eindruck gewinnen, dass Sie uns nicht die Wahrheit sagen, müssen wir uns zwangsläufig fragen, warum Sie das tun, und ob Sie mit diesem Mord womöglich etwas zu tun haben.«

Udo schluckte trocken. »Ich habe Anne Jaffer nichts angetan, das versuche ich Ihnen gerade begreiflich zu machen!«

»Also, ich begreife im Moment nur so viel«, erwiderte Hagen und zählte dann auf: »Sie verstricken sich in Widersprüche, versuchen sich rauszureden und ignorieren, dass uns eine Aussage vorliegt, die nahelegt, dass Sie und das Mordopfer in der Tatnacht an Bord der *Garnell 1* verabredet waren.«

»Und wer soll Ihnen das erzählt …«

»Das ist für Sie nicht weiter von Bedeutung«, fuhr Ruth dem Mann ins Wort. »Waren Sie mit Anne Jaffer vor zwei Nächten an Bord Ihres Kutters verabredet oder nicht?« Streng sah sie den Fischer an, der daraufhin den Blick senkte.

»Das waren wir«, räumte er endlich ein, sah dann aber erneut zu Ruth auf. »Anne ... sie ist dann aber nicht erschienen!«

Hagen stieß einen ungläubigen Laut aus. »Annes Leiche wurde an Bord Ihres Kutters gefunden. Und jetzt wollen Sie uns erzählen, dass Sie gar nicht an Bord gewesen ist?«

»Nein ... so meinte ich das nicht«, rief Udo gequält. »Was ich sagen wollte, ist, dass sie nicht zu mir in den Maschinenraum gestiegen ist. Dorthin sollte sie nämlich kommen.«

»Um wie viel Uhr sind Sie an jenem Abend denn an Bord gekommen?«, änderte Ruth jetzt ihre Taktik.

»Das war so um halb zwölf«, antwortete Udo. »Meine jetzige Lebensgefährtin kann das bezeugen. Wir haben nämlich bis Viertel nach elf unsere Krimiserie gesehen. Maren war ziemlich enttäuscht, dass ich nicht mit ihr weitergucken wollte, sondern fortmusste, um mich wie jede Nacht um meinen Kutter zu kümmern.«

Ruth und Hagen tauschten einen kurzen Blick. Um halb zwölf lag Anne bereits niedergeschlagen und vermutlich tot neben der Sortiermaschine, wenn Lothar Brünings Aussage stimmte.

»Ist Ihnen an Bord Ihres Kutters zu diesem Zeitpunkt irgendetwas Seltsames aufgefallen?«, erkundigte sich Ruth neutral.

Udo zog die Augenbrauen zusammen. »Nööö«, sagte er gedehnt. »Es war ja auch stockdunkel. Im Hafen brannte nur noch die klägliche Notbeleuchtung. Ich bin gleich runter in den Maschinenraum. Ich wollte ja nicht, dass mich womöglich jemand sieht. Es ist schon schlimm genug, dass ich nachts die Pumpe anwerfen muss. Die arbeitet nicht gerade leise, wenn Sie verstehen.« Er fuchtelte ungehalten mit den Armen. »Wegen dieser Pumpe ist Anne überhaupt nur darauf gekommen, dass an Bord meines Kutters was nicht in Ordnung ist. In der Nacht zuvor hatte sie sich um Mitternacht nämlich im Hafen rumgetrieben.« Er verzog das Gesicht. »Einen inspirativen Spaziergang unternehmen, hat sie das genannt. Dabei hörte sie die Pumpe, was sie wohl stutzig machte. Am nächsten Tag nutzte sie eine Drehpause, um heimlich in den Maschinenraum zu klettern. Und da hat sie die Bescherung dann wohl gesehen. Das eingedrungene Wasser stand bereits knöcheltief … Das sagte sie mir, als sie mich dann später anrief.«

»Anne hatte Sie also angerufen«, bohrte Hagen nach, da der Mann nicht weitersprach.

»Ja, das hat sie!«, giftete Udo. »Sie erzählte mir von dem Leck, das sie entdeckt hatte. Und sie sagte, sie wüsste, was ich um Mitternacht im Maschinenraum triebe. Dass ich nämlich das Wasser abpumpe, damit der Kahn nicht absäuft. Und sie drohte, es dem Regisseur zu erzählen, wenn … wenn …«

»Wenn was?«, platzte es ungeduldig aus Hagen hervor.

»Wenn ich ihr nicht eine gewisse Summe zahle. In diesem Fall versprach sie, ihre Entdeckung für sich zu behalten.«

»Anne Jaffer hat Sie also erpresst«, fasste Ruth zusammen.

Udo nickte eifrig. »Sie verlangte dreitausend Euro, dieses Biest!«

»Und Sie waren bereit, ihr dieses Geld zu geben?«, erkundigte sich Ruth.

»Was dachten Sie denn?«, giftete ihr Gegenüber. »Am Telefon erklärte ich mich einverstanden, ihr die Scheine in der kommenden Nacht zu überreichen.«

»Und das sollte ausgerechnet um Mitternacht geschehen, wenn Sie die Pumpe erneut einschalten?«, fragte Hagen skeptisch.

»So hatte sie es bestimmt«, bestätigte Udo.

»Aber Anne erschien nicht«, vervollständigte Hagen.

»Ne. Sie ist nicht in den Maschinenraum gekommen. Ich pumpte das Wasser ab, wie jede Nacht, und wartete auf ihr Erscheinen. Aber Fehlanzeige.«

»Wie ging es dann weiter?« Ruth führte mit dem Zeigefinger eine Drehbewegung aus, wie um den Redefluss ihres Gegenübers anzukurbeln.

»Die Pumpe braucht immer etwa 'ne halbe Stunde, bis sie das Bilgenwasser in den Hafen gespien hat«, berichtete Udo. »Nachdem das erledigt und Anne noch immer nicht auf der Bildfläche erschienen war, habe ich mich auf den Heimweg gemacht.« Er lächelte süffisant. »Maren kann bestätigen, dass ich um zwanzig vor eins zu ihr ins Bett gekrochen kam. Fragen Sie sie!«

»Das werden wir«, stellte Hagen klar.

»Und Ihnen ist erneut nicht aufgefallen, dass an Deck Ihres Kutters eine leblose Gestalt lag?«, fragte Ruth, wobei es ihr schwerfiel, den spöttischen Unterton in ihrer Stimme zu unterdrücken.

»Ne, ist es nicht!«, beteuerte Udo mit Nachdruck. »Ich wollte schnell nach Hause. Und ich war auch froh, dass Anne es sich offenbar anders überlegt hatte und mein Geld nicht wollte.« Er machte eine bedauernde Miene. »Was ihr zugestoßen ist, habe ich dann erst später erfahren.«

»Wissen Sie, wie glaubhaft es klingt, dass Sie Anne in jener Nacht nicht gesehen haben wollen?«, fragte Hagen gereizt und zeigte mit Daumen und Zeigefinger einen etwa zwei Zentimeter breiten Spalt an.

»Es ist aber wahr!«, beteuerte Udo. »Ich kenne mich auf meinem eigenen Kutter gar nicht mehr aus, seitdem überall diese nigelnagelneuen Attrappen rumstehen. Wären die nicht gewesen, wäre mir die Kleine womöglich aufgefallen, trotz schlechter Lichtverhältnisse und Dunkelheit.«

»Was für Kleidung trugen Sie in jener Nacht?«, wollte Ruth jetzt wissen.

Udo sah sie verständnislos an. »Na, meine üblichen Klamotten natürlich«, sagte er und zerrte an seinem Fischerhemd und seiner Hose. »Dasselbe, was ich jetzt auch anhabe.«

»Und das kann Ihre Lebensgefährtin ebenfalls bestätigen?«, fragte Hagen.

»Worauf Sie sich verlassen können!« Nervös trat der Fischer von einem Bein aufs andere. »Werden Sie mich jetzt an Bord lassen?« Gereizt deutete er auf den königsblauen Kutter. »Das Bilgenwasser muss dringend abgepumpt werden«, erläuterte er. »Vergangene Nacht habe ich mich nicht getraut, an Bord zu gehen und die Pumpe anzuschmeißen, weil ich dachte, dass mein Kahn bewacht würde.« Er fuchtelte mit der ausgestreckten Hand. »Sehen Sie denn nicht, dass die *Garnell 1* wegen des eingedrungenen Wassers bereits tiefer liegt?«

Ruth und Hagen drehten sich um, und tatsächlich bemerkten sie nun, dass die Reling des Krabbenkutters nicht mehr eine Armlänge über der Kante des Piers lag, sondern jetzt nur noch etwa eine Handbreite davon entfernt war. Der Kutter lag tiefer im Wasser, daran bestand kein Zweifel.

»Wenn nicht bald was passiert, wird mein schönes Boot untergehen!«, drängte Udo.

»Können Sie denn überhaupt noch gefahrlos in den Maschinenraum hinabsteigen?«, fragte Hagen.

»Das Wasser wird mir bis zum Bauch reichen, keine Frage. Aber ertrinken werde ich schon nicht!«

Ruth zögerte einen Moment. »Einverstanden«, sagte sie schließlich und trat einen Schritt zur Seite. »Sehen Sie zu, dass Sie die Pumpe einschalten, und dann kommen Sie schnell wieder an Land. Anschließend wird sich das Technische Hilfswerk um Ihren Kutter kümmern.«

»Aber … das würde bedeuten, dass mein Boot nicht für die Dreharbeiten …«

»Es hätten nie irgendwelche Aktivitäten auf Ihrem Kahn stattfinden dürfen!«, fuhr Ruth den Mann an. »Das Leck stellt ein viel zu großes Sicherheitsrisiko für die Menschen an Bord Ihres Kutters dar!«

Frustriert ließ Udo die Schultern hängen und kletterte dann murrend an Bord seines Kahns.

Kapitel 6

»Schnell, setzen wir uns!« Benno Garnell, der gesehen hatte, dass sich ein junges Paar soeben anschickte, den kleinen Kaffeehaustisch zu räumen, an dem es gesessen hatte, fasste Arne Wohley am Arm und zog ihn mit sich auf die frei werdenden Stühle zu. Dabei schob er sich ruppig an einigen Spaziergängern vorbei, die an den kleinen Friesenhäusern oben am Deich entlangschlenderten.

Mit einer fließenden Bewegung glitt Benno auf den Stuhl, griente stolz und zog seine maßgeschneiderte Anzugjacke glatt. »Man muss auf Zack sein, wenn man am Nachmittag im Außenbereich eines Hafencafés einen freien Platz ergattern will«, erklärte er.

Der Regisseur nickte abwesend und nahm gegenüber dem Besitzer der Garnell-Kette Platz.

Selbstgefällig ließ Benno den Blick schweifen und streckte dabei beide Arme vor sich aus. »Von hier aus hat man einen herrlichen Ausblick auf den Greetsieler Hafen«, schwärmte er.

Arne nickte zerknirscht. »Und auf das Desaster«, merkte er freudlos an.

Die beiden Männer hatten dem Friesenhäuschen, in dessen Erdgeschoß das Café untergebracht war, den Rücken zugekehrt. Die schmale Terrasse, auf der sie saßen, war ein wenig höher gelegen als die Sielstraße, sodass die Gäste des Kaffees über die Köpfe der Flanierenden hinweg auf den Pier hinabblicken konnten, der sich am unteren Ende des Deichhanges anschloss. Die Sonne schien und ließ die Farbanstriche der Krabbenkutter warm aufleuchten. Die Flügel der Möwen blitzten weiß auf, wenn sie sich von den hochgestellten Fangnetzen erhoben, um eine Runde über das Hafenbecken zu drehen.

Missmutig richtete Arne den Blick auf den königsblauen Krabbenkutter. Der Bereich vor der *Garnell 1* war noch immer abgesperrt. Erneut war der Einsatzwagen der Spurensicherung zugegen. Zusätzlich stand jetzt auch noch ein blauer Lastwagen des Technischen Hilfswerks am Kai. Eine Hochleistungspumpe röhrte, und aus einem Schlauch sprudelte dreckiges Wasser in den Sielzufluss. Diese Brühe stammte aus dem Maschinenraum des abgesperrten Kutters. Die Kommissare Ruth Fasan und Hagen Reese beobachteten das Geschehen und diskutierten dabei mit einem in einen weißen Kittel gehüllten Mann.

Arne schüttelte resigniert den Kopf. »Ein Desaster«, wiederholte er. »Sie können nichts dafür, dass Udo Steffens uns gelinkt hat«, gab Benno Garnell großmütig zurück und winkte die Kellnerin herbei. »Und dass diese Kleene ums Leben gekommen ist, ist auch nicht Ihre Schuld«, fuhr er fort. Er warf dem Regisseur einen fragenden Blick über den Tisch hinweg zu, wobei er spöttisch eine Augenbraue hob. »So ist es doch, oder?«, fragte er herausfordernd.

Arne sah den gut gekleideten Mann ernst an. »Mir ist nicht zum Spaßen zumute.« Er schüttelte den Kopf. »Wie können Sie das alles nur so gelassen hinnehmen?« Diesmal war es Arne, der mit ausgestreckten Armen zum Hafen hinabdeutete, wobei seine Hände anklagend auf den königsblauen Krabbenkutter zielten. »Die *Garnell 1* steht uns für Dreharbeiten nicht mehr zur Verfügung!«

Benno bestellte bei der Kellnerin zwei Kännchen Ostfriesentee und Apfelkuchen. Anscheinend richtete sich der Besitzer der Fischrestaurantkette auf ein längeres Verweilen an diesem Tischchen ein, musste Arne feststellen, dessen innere Unruhe es ihm fast unmöglich machte, still auf seinem Stuhl zu sitzen. Nervös ließ er das linke Bein auf und ab wippen. Er klemmte die Hände unter seine Oberschenkel. Das damit einhergehende Gefühl des Gefangenseins half ihm, die Situation einigermaßen zu ertragen.

»Einen Tag hatten Sie Gelegenheit, auf diesem vermaledeiten Kutter zu drehen«, sagte Benno. »Dieses Material wird ausreichen müssen.« Unbeschwert hob er eine Hand. »Für den Rest denken Sie sich halt neue Szenen aus. Sie sind ein erfahrener Regisseur, das sollte Ihnen nicht allzu schwerfallen.«

Die Hände noch immer zwischen Sitzfläche und Oberschenkel eingeklemmt, zuckte Arne mit den Schultern. »Meine Skriptfrau arbeitet die Szenen bereits aus, die ich alternativ für das fehlende Material vorgesehen habe«, erläuterte er. »Und für Anne Jaffer habe ich auch schon einen Ersatz ins Auge gefasst: Eine Komparsin, die Frau Jaffer ziemlich ähnlichsieht. Sie stammt sogar aus Greetsiel.«

»Na also!« Benno lächelte gewinnend. »Warum sollte ich mir Sorgen machen?« Mit verschwörerischer Miene beugte er sich über den Tisch. »Im Übrigen habe ich keinen Grund, mich über mangelnde Publicity zu beschweren«, sagte er mit gedämpfter Stimme. »Haben Sie mal einen Blick in die Tageszeitungen geworfen? Von diesem Mord auf einem Greetsieler Krabbenkutter wird nicht nur in den hiesigen Blättern berichtet. Auch die überregionalen Zeitungen interessieren sich für die Vorgänge in Greetsiel. In den meisten Artikeln findet auch meine Schnellrestaurantkette Erwähnung.« Zufrieden lehnte sich Benno zurück. »Eine bessere Publicity wird mir auch Ihr kleines Filmchen nicht bescheren. Die Garnell-Kette ist in aller Munde – sozusagen!«

»Eine junge Frau ist ermordet worden«, zischte Arne dem Mann ungehalten zu. »Und Sie denken nur an die Aufmerksamkeit, die für Ihre Restaurantkette dadurch rausspringt?«

Benno setzte eine unschuldige Miene auf. »Ich habe diese Frau nicht umgebracht«, sagte er leichthin. »Es fällt also kein Schatten auf mich oder meine Geschäfte. Ich habe auch keine Reporter bestochen, damit sie im Zusammenhang mit diesem schlimmen Mord die Garnell-Kette erwähnen. Das alles passiert ohne mein Zutun. Warum also sollte ich ein Problem damit haben, dass alles so läuft, wie es läuft?«

Arne schüttelte betreten den Kopf. »Wissen Sie was? Ich beneide Sie nicht einmal für Ihre Unverfrorenheit. Ich finde sie eher beschämend.«

»Künstler«, sagte Benno in einem Tonfall, als würde dieses Wort alles beinhalten, was er als Erwiderung in diesem Fall hätte hervorbringen können.

Plötzlich fiel ein Schatten auf den Tisch der beiden Männer.

»Hier ist besetzt«, fuhr Benno den Fremden an, der vor ihnen aufgetaucht war. Dieser vergrub daraufhin die Hände in die Taschen seines Parkas. Das Gesicht unter der Kapuze wirkte mager und ausgezehrt. Der Blick der wässrigen blauen Augen richtete sich auf den Regisseur.

»Warum tun Sie Katharine das an?«, fragte er mit rauer Stimme.

Arne furchte die Stirn und zog seine eingeklemmten Hände unter den Schenkeln hervor. »Was … meinen Sie?«, fragte er befremdet.

»Katharine, sie leidet, wenn Sie mich nicht endlich zu ihr lassen«, stieß der Mann mit mühsam beherrschter Wut aus.

Arne musterte den Mann misstrauisch. »Wer sind Sie, und was wollen Sie?«, fragte er lauernd.

»Ich will zu Katharine vorgelassen werden«, eiferte sich der Mann, und Speichel spritzte von seinen Lippen. »Das steht mir zu!«

Benno verdrehte die Augen. »Was ist das denn für ein schräger Vogel?« Er fuchtelte mit den Armen und verzog dabei angewidert das Gesicht. »Verschwinden Sie!«, forderte er den Mann auf. »Und zwar dalli!«

Der Fremde zog den Kopf zwischen die Schultern und wich zur Seite aus, weg von dem wild mit den Armen wedelnden Mann. Dabei prallte er mit der Kellnerin zusammen, die sich mit einem voll beladenen Tablett dem Tisch näherte. Die junge Frau schrie spitz auf, als der Fremde mit dem Ellenbogen ungeschickt gegen das Tablett stieß. Die Kellnerin versuchte ihr Bestes, dennoch konnte sie nicht verhindern, dass die Kannen, Tassen und die mit Kuchen beladenen Teller hinabrutschten und mit lautem Scheppern und Klirren zu Boden fielen.

»Sie Tollpatsch!«, schrie Benno außer sich und sprang von seinem Stuhl auf. Anklagend deutete er auf die Scherben. »Sehen Sie nur, was Sie angerichtet haben!«

Der Mann im Parka taumelte zurück und wäre fast gestürzt, als er den Absatz der Terrasse hinunterstolperte. Abrupt wandte er sich um und ergriff die Flucht. Ungestüm mit den Armen um sich schlagend bahnte er sich einen Weg an den Spaziergängern vorbei. Die Passanten wichen dem Mann befremdet aus, wütende Rufe wurden laut.

*

»Von der Tatwaffe fehlt nach wie vor jede Spur.« Max Engel zuckte bedauernd mit den Schultern, wobei sein weißer Schutzkittel ein trockenes Rascheln von sich gab. Er deutete hinter sich auf den königsblauen Krabbenkutter. »Meine Leute geben noch nicht auf«, versicherte er den Greetsieler Kommissaren. »Sie durchsuchen den Kutter weiterhin. Dank Doktor Fixlmillner wissen wir, dass der Gegenstand viele Ecken und Kanten gehabt haben muss, mit dem Anne Jaffer der Schädel eingeschlagen wurde. Ein entsprechendes Werkzeug oder Bauteil haben wir an Bord der *Garnell 1* bisher allerdings nicht entdecken können.«

»Sie sollten Taucher hierherbeordern«, regte Hagen an. »Womöglich hat der Täter die Waffe über Bord geworfen.«

»Das habe ich bereits in die Wege geleitet«, erwiderte Max begütigend. »Die Polizeitaucher sind allerdings erst morgen früh abkömmlich.«

Plötzlich hallte ein spitzer Schrei von der Sielstraße herüber.

Abrupt drehten sich Ruth und Hagen um und spähten den Deich hinauf. Vor einem Café war ein Gerangel entstanden. Eine in einen Parka gekleidete Gestalt, die Kapuze nachlässig über den Kopf gezogen, entfernte sich hektisch von einer leicht erhöhten Terrasse und stieß dabei Spaziergänger aus dem Weg.

Hagen kniff die Augen zusammen. »Diesen Burschen kennen wir!«, stellte er fest.

Ruth nickte. »Das ist der Mann, den Heinrich Bloom ein wenig zu ruppig davon abgehalten hatte, zum Drehort zu gelangen.«

»Diesmal ist er anscheinend mit Arne Wohley aneinandergeraten.« Hagen zeigte zu dem Café hinauf, und nun sah Ruth den auf einem Stuhl sitzenden Regisseur ebenfalls. An seiner Seite stand ein leger gekleideter Mann, der in Richtung des Flüchtenden wütend die Fäuste schüttelte.

Der Fremde rannte Hals über Kopf die Sielstraße hinunter, hielt auf das historische Dorfzentrum zu. Schlagartig setzte sich Hagen in Bewegung und sprintete auf die Rampe zu.

»Was haben Sie vor?«, rief Ruth ihrem Partner hinterher.

Hagen wandte im Laufen kurz den Kopf. »Ich schnappe mir diesen Kerl!«

Ruths erster Impuls war, ihren Partner von seinem Vorhaben abzuhalten, denn sie sah keine Veranlassung, diesen Fremden zu verfolgen. Aber dann ließ sie ihn trotzdem gewähren, denn sie fand, dass sie Hagen in letzter Zeit zu oft hineingeredet hatte.

Der junge Kommissar schaffte es beinahe, dem Flüchtenden den Weg abzuschneiden. Über die Köpfe der Passanten hinweg rief er ihm zu, dass er stehen bleiben solle. Aber der Mann im Parka reagierte daraufhin noch panischer und stürzte in eine der Gassen, die zwischen den dicht beieinanderstehenden Friesenhäusern hindurchführten. Hagen bekam noch den Rockschoß des Parkas zu fassen, aber ein Kind geriet ihm vor die Füße. Er ließ das Kleidungsstück des Flüchtenden los und warf sich zur Seite, um den kleinen Jungen nicht über den Haufen zu rennen.

Im nächsten Moment schob sich ein Pulk Schaulustiger vor die Szene und Ruth verlor die beiden Männer aus den Augen. In Anbetracht der Lage hielt es die Hauptkommissarin für erforderlich, zu dem Regisseur zu gehen und ihn zu fragen, was dieser Aufstand zu bedeuten hatte. Sie verabschiedete sich von Max Engel und näherte sich der Treppe, die den Deich hinaufführte. Seelenruhig schlenderte sie an den Passanten vorbei auf die Caféterrasse zu.

Der gut gekleidete Herr hatte inzwischen an Arne Wohleys Tisch Platz genommen. Er redete aufgebracht auf den Regisseur ein, wobei er ausdrucksstark gestikulierte. Arne aber starrte mit düsterer Miene vor sich hin und schien seinen Tischnachbarn gar nicht wahrzunehmen.

»Moin«, machte Ruth freundlich auf sich aufmerksam, als sie den Tisch erreichte.

Beide Männer sahen zu ihr auf.

»Was?«, rief der noble Herr gereizt. »Dieser Tisch ist besetzt, sehen Sie das nicht?«

»Guten Tag, Frau Hauptkommissarin«, grüßte Arne sie daraufhin mit Nachdruck und deutete dann auf den an seinem Tisch sitzenden Mann, der plötzlich mucksmäuschenstill geworden war. »Das ist Benno Garnell, Inhaber der Garnell-Kette. Herr Garnell: Ruth Fasan.«

»Ich wusste ja nicht …«, setzte Benno verlegen an, aber Ruth winkte ab.

»Ich bin schon weitaus unfreundlicher begrüßt worden«, erklärte sie und lächelte frostig. Dann wandte sie sich dem Regisseur zu. »Darf ich erfahren, was hier gerade vorgefallen ist?«

»Na was wohl!«, schimpfte Benno drauflos, ehe Arne zu Wort kommen konnte. »Da war so ein Verrückter, irgendein Spinner, der wahrscheinlich auf ein Autogramm von Katharine Selma aus war.«

Arne starrte mit düsterer Miene vor sich hin, die Lippen zu einem schmalen Strich zusammengepresst. »Das kann eigentlich nicht sein«, murmelte er wie zu sich selbst.

»Was genau meinen Sie?« Ruth musterte den Regisseur aufmerksam. Dieser wirkte unnatürlich blass und irgendwie verstört.

Arne fuhr sich mit der Hand übers Gesicht, schüttelte den Kopf. »Ich muss mich getäuscht haben. Anders kann es nicht sein.«

»Nun sagen Sie schon, was los ist!«, drängte Benno ungehalten.

Arne blickte zwischen seinem Tischnachbarn und Ruth wie gehetzt hin und her. »Dieser Mann … das war der Verrückte, der meinen Bruder ermordet hat!«, platzte es aus ihm hervor. Er hob eine Hand und ließ sie kraftlos sinken. »Aber das ist unmöglich. Mirko Meier ist für den Rest seines Lebens weggesperrt worden!«

*

Hagen Reese traf beim Café ein, während die Kellnerin mit Handfeger und Schaufel die Scherben zusammenkehrte. Ruth war einen Schritt zur Seite getreten, um der Frau nicht im Weg zu stehen, was Benno Garnell nicht davon abhielt, die Bedienstete zu fragen, wann seine Bestellung denn endlich aufgetischt würde. Arne saß mit hängenden Schultern auf seinem Stuhl und stierte blicklos vor sich hin.

Hagen rieb sich den schmerzenden Ellenbogen, während er die Szene mit leichtem Unverständnis musterte. »Der Bursche ist mir entwischt«, berichtete er zerknirscht. Er warf Ruth einen reumütigen Blick zu. »Es war unüberlegt von mir, einfach loszustürmen«, sagte er. »Aber ich hatte den Eindruck, dass ich schnell handeln müsste.«

»Womöglich war Ihr Übereifer diesmal ausnahmsweise berechtigt«, gab Ruth zurück. Sie deutete auf den Regisseur. »Herr Wohley glaubt, in diesem Fremden den Mann erkannt zu haben, der Thorsten Wohley, den Ehemann von Katharine Selma ermordet hat. Thorsten wiederum war Herr Wohleys älterer Bruder.«

Hagen furchte verdattert die Stirn. »Ich fürchte, ich verstehe nicht ganz«, sagte er und machte Ruth dadurch deutlich, dass er über den Schicksalsschlag der Schauspielerin Katharine Selma genauso wenig Bescheid wusste, wie sie, bevor Alice sie über die Vorkommnisse rund um die bekannte Schauspielerin aufgeklärt hatte.

Mit knappen Worten setzte Ruth ihren Partner ins Bild.

»Oha!«, sagte Hagen daraufhin. »Der Mann, der mir durch die Lappen gegangen ist, war also ein verurteilter Mörder?«

»Das klingt unglaubwürdig, ich weiß!«, stieß Arne unvermittelt aus. »Aber dieses Gesicht … sein Aussehen hat sich mir tief eingebrannt. Ich hatte den Gerichtsprozess gegen Mirko Meier damals aufmerksam verfolgt und war bei einigen Verhandlungstagen sogar persönlich zugegen gewesen.« Er deutete in die Richtung, in der der Mann im Parka verschwunden war. »Und dieser Kerl … er sieht dem Mörder meines Bruders zum Verwechseln ähnlich!«

»Wir werden dieser Sache auf den Grund gehen«, versicherte Ruth.

Hagen griff in seine Gesäßtasche und zog ein Smartphone hervor. Das Glas des Displays hatte einen Sprung. Er wedelte mit dem Apparat herum, während er ihn emporhielt. »Dieses Handy könnte uns vielleicht helfen«, sagte er. »Es ist dem Flüchtenden aus der Tasche gefallen, als ich ihn packte.«

Ruth zog eine Klarsichttüte aus ihrem Jackett und hielt sie ihrem Partner geöffnet entgegen. Hagen ließ das Smartphone mit spitzen Fingern hineingleiten und klopfte sich dann die Hände ab, wie um imaginären Staub davon abzuschütteln.

»Wir melden uns bei Ihnen, sobald wir Genaueres über den aktuellen Aufenthaltsort von Mirko Meier herausgefunden haben«, sagte Ruth an den Regisseur gewandt. »Bis dahin sollten Sie vorsichtshalber dafür sorgen, dass sich Ihre Leute im Hotel Krabbenschere versammeln und vorerst dort bleiben.«

Arne nickte gefasst, Benno Garnell aber lehnte sich selbstgefällig auf seinem Stuhl zurück und lächelte still vor sich hin. »Das wird ja immer interessanter«, stellte er vergnügt fest.

Kapitel 7

In ihrem Büro angekommen, machten sich die beiden Kriminalisten unverzüglich an die Arbeit. Ruth zog an ihrem Computer zuerst das Polizeiarchiv zurate. Bevor sie sich auf irgendwelche Spekulationen und Überlegungen einlassen würde, wollte sie sich Gewissheit verschaffen, ob es sich bei dem Fremden im Parka tatsächlich um Mirko Meier handelte.

Hagen sah die Sache nicht ganz so pragmatisch. Er fand generell, dass es nicht schaden konnte, mehr über Katharine Selma und den Mord an ihrem Ehemann Thorsten Wohley in Erfahrung zu bringen. Aus diesem Grund forstete er das Internet nach Einträgen zu diesem Thema durch. Diese Informationen könnten im Zusammenhang mit dem aktuellen Mordfall möglicherweise von Nutzen sein, unabhängig davon, ob dieser Parka-Mann nun mit dem Mörder von Thorsten Wohley identisch war oder nicht, hatte er Ruth gegenüber argumentiert. Und so saßen sie eine Weile schweigend da, tippten auf ihren Tastaturen herum und schoben die Computermäuse hin und her.

Die nüchtern gehaltenen Polizeiberichte gaben die Sachverhalte für gewöhnlich äußerst präzise und korrekt wieder, während Zeitungsartikel oder Verlautbarungen in den sozialen Netzwerken das Geschehen zumeist ausschmückten oder es sogar verfälschten. Dennoch hatten sich die beiden Ermittler darauf geeinigt, in diesem Fall zweigleisig vorzugehen. Katharine Selma war eine Person des öffentlichen Lebens, in den Medien gab es über sie und ihr Leben folglich reichhaltiges Material zu entdecken, das Facetten beleuchtete, die in den Polizeiakten ausgeblendet wurden.

»Meine Güte!«, rief Hagen in seinem Bürosessel sitzend schon nach kurzer Recherchezeit aus. Erstaunt schüttelte er den Kopf. »Haben Sie gewusst, dass sich Katharine Selma in ihrer Villa in Berlin aufgehalten hatte, als ihr Mann in einem der Schlafzimmer dieses Anwesens umgebracht wurde?«

»Davon ist in dieser Prozessakte auch gerade die Rede«, berichtete Ruth, während sie die betreffenden Zeilen mit den Blicken überflog. »Katharine hatte in jener Nacht in einem Gästezimmer geschlafen. Dorthin war sie aus dem gemeinsamen Schlafzimmer geflüchtet, weil ihr Mann angeblich so laut und ausdauernd geschnarcht hatte.« Sie zog eine Augenbraue in die Stirn. »So steht es hier wortwörtlich.«

»In einem Forum, das Fans der Fernsehserie *Eine Landärztin trumpft auf* ins Leben gerufen haben, spekulieren die Mitglieder darüber, ob ihr Star nicht vielmehr wegen eines Streits mit Thorsten ins Gästezimmer geflüchtet war.«

Ruth furchte die Stirn. »Ist es für gewöhnlich nicht der Mann, der in solchen Fällen auf der Couch schlafen muss?«

»Vielleicht hatte Katharine mit diesem Klischee brechen wollen und deshalb ihr Bettzeug zusammengerafft, anstatt dies ihrem Mann nahezulegen.«

»Steht das auch in diesem Forum?«

»So in etwa.« Hagen scrollte sich durch den Themenstrang. »Einige Fans waren sogar so gehässig, anzumerken, dass der Tod von Thorsten Wohley Katharine nur wenig ausgemacht haben dürfte, weil er sich sowieso von ihr hatte scheiden lassen wollen. Und das wäre für sie teuer gewesen, denn sie hätte die Hälfte ihres Vermögens an ihn abtreten müssen.«

»Wie reizend.« Ruth deutete auf den Text auf ihrem Bildschirm. »Im Prozessbericht ist das Geschehen in jener Nacht wie folgt dargestellt: Katharine wachte auf, weil sie befremdliche Geräusche aus dem gemeinsamen Schlafzimmer vernommen hatte. Im Nachthemd ging sie los, um nachzuschauen, da sie sich um den gesundheitlichen Zustand ihres Mannes sorgte. Als sie das Zimmer betrat, sah sie einen Fremden, der sich über das Bett gebeugt hatte. Er hielt einen ihrer Filmpreise in der Hand, die sie für ihre Fernsehserie erhalten hatte. Blut tropfte davon herab. Und Blut tropfte auch von Thorstens Kopf. Als Katharine begriff, was los war, bekam sie Panik. Sie rannte aus der Villa, hastete durch den nächtlichen Garten und erreichte die Straße. Dort hielt sie ein vorbeifahrendes Taxi an und berichtete dem Chauffeur, was sie entdeckt hatte. Der Mann rief daraufhin die Polizei, die wenig später dann auch eintraf. Als die Beamten die Villa stürmten, kauerte der Eindringling neben dem Bett, in dem der von ihm erschlagene Mann lag.«

»Der Mörder war vor Ort geblieben?«, wunderte sich Hagen.

»Die Beamten berichteten, dass sich Mirko Meier in einem extrem verwirrten Zustand befunden hätte«, fasste Ruth zusammen, was sie zuvor gelesen hatte. »Er leistete kaum Widerstand, als er festgenommen wurde. Später entdeckte man Einbruchsspuren an der

Verandatür. Dort hatte sich der Mörder Zutritt in die Villa verschafft.«

»Klingt, als hätte Mirko Meier unter Schock gestanden, oder dass er nicht ganz richtig im Kopf war.«

Mehrere Minuten lang setzten die beiden ihre Recherche fort.

»Laut psychologischem Gutachten wurde Mirko Meier als nicht zurechnungsfähig eingestuft«, berichtete Ruth schließlich.

»Das sehen Katharines Fans genauso«, warf Hagen ein. »Die halten Mirko Meier für durchweg verrückt, durchgeknallt und gemeingefährlich. Und das sind noch die freundlicheren Ausdrücke.«

»Wen wunderts«, sagte Ruth, während sie weiterlas.

»Mirkos Tat hatte im Fandom damals für erhebliche Aufregung gesorgt – und für Selbstkritik«, fuhr Hagen derweil fort. »Im Forum wurde heftig darüber debattiert, wann die Verehrung für eine Schauspielerin in gefährlichen Fanatismus umschlägt.« Er verzog das Gesicht. »Die Diskussion artete schließlich darin aus, dass die Forumsmitglieder sich wüst beschimpften. Der Themenstrang wurde vom Administrator daraufhin geschlossen.«

»Das kennt man ja«, merkte Ruth wenig interessiert an. »Die Möglichkeit, unter einem Nicknamen anonym Beiträge zu posten, kehrt nicht unbedingt die guten Seiten eines Menschen hervor. Da werden Leute, die anderer Meinung sind, rücksichtslos beschimpft, beleidigt und niedergemacht.«

Ruth wollte nun endlich zum eigentlichen Grund ihrer Recherche vordringen. Das ganze Drumherum lenkte sie bloß ab und fing an, sie zu nerven. Schnell, aber nicht weniger aufmerksam als zuvor, überflog sie die Dokumentenseiten, die sich im Mordfall Thorsten Wohley im Polizeiarchiv angesammelt hatten. Schließlich fand sie die Daten, die sich mit der Urteilsverkündung und Urteilsvollstreckung befassten. Den Schriftstücken zufolge wurde Mirko Meier wegen Mordes zu lebenslanger Haft verdonnert. Weil er als unzurechnungsfähig eingestuft worden war, wurde er in einer geschlossenen psychiatrischen Einrichtung untergebracht, in diesem Fall einer forensischen Psychiatrie in einem Außenbezirk von Berlin.

Hagen nickte nachdenklich, während Ruth ihn über diese Fakten in Kenntnis setzte. »Mirko Meier wird momentan also wohl kaum in Greetsiel herumspazieren«, schlussfolgerte er. »Er sitzt in seiner Zelle, schluckt Pillen und lässt sich therapieren.«

»Das werden wir gleich herausfinden.« Ruth griff zum Telefon und wählte die in den Akten angegebene Nummer der zuständigen psychiatrischen Einrichtung. Es dauerte eine kleine Weile, ehe ihr Anruf entgegengenommen wurde. Ungeduldig trommelte sie mit den Fingern auf der Tischplatte herum, während sie ihrem Gesprächspartner am anderen Ende der Verbindung erklärte, was ihr Begehr war. Bei dem Mann handelte es sich um einen Pfleger, der gerade Dienst im Bereitschaftsraum der Einrichtung schob. Wie sich zeigte, war er nicht besonders gut informiert, er versuchte sogar, Ruth abzuwimmeln, indem er ihr erklärte, dass die zuständigen Mitarbeiter bereits Feierabend hätten. »Am besten, sie rufen morgen noch einmal an«, schloss er süffisant.

Mit gelassener Ruhe setzte Ruth dem Mann auseinander, dass es ihn seinen Job kosten könnte, wenn er nicht umgehend dafür sorgte, dass sie mit einem der Angestellten sprechen konnte, die Mirko Meier unter ihrer Obhut hatten.

»Ich versuche einen aufzutreiben«, erklärte der Pfleger daraufhin leicht angesäuert. »Man wird Sie zurückrufen, Frau Hauptkommissarin.«

»Das muss heute noch geschehen!«, verlangte Ruth.

»Ich gebe mein Bestes«, beteuerte der Mann und unterbrach die Verbindung.

*

Ruth hatte sich bereits damit abgefunden, dass es mit dem erhofften Rückruf heute nichts mehr werden würde, als das Telefon auf ihrem Schreibtisch plötzlich doch noch zu klingeln anfing. Sie und Hagen hatten ihre Jacken übergestreift und waren im Begriff gewesen, das Büro zu verlassen, sahen sich nun aber mit beredetem Blick an.

Ruth eilte an ihren Schreibtisch und stellte den Apparat auf »laut«, damit Hagen mithören konnte, was gesprochen wurde.

»Doktor Elvira Schleiter hier«, drang die sonore Stimme einer Frau aus dem Lautsprecher. »Was kann ich für Sie tun, Frau Fasan?«

Ruth begrüßte die Frau, erläuterte ihr, wer außer ihr selbst mithörte, und bedankte sich dann dafür, dass sich die Ärztin für den Rückruf Zeit genommen hatte. »Sie sind für Mirko Meier zuständig?«, vergewisserte sie sich, bevor sie loslegte.

»So ist es«, erhielt sie freundlich zur Antwort. »Ich und ein Therapeut, der aber gerade im Urlaub ist.«

»Ich muss wissen, wo Ihr Patient sich zurzeit aufhält.«

Elvira Schleiter zögerte kurz. »Herr Meier … er nimmt seit etwa einem Jahr an einem Sonderprogramm teil«, sagte sie.

»Ich will lediglich wissen, wo er sich jetzt aufhält«, erwiderte Ruth, die plötzlich den Eindruck hatte, die Frau wollte ihr ausweichen.

»Das weiß ich nicht so genau«, kam die zögernde Antwort.

»Wie soll ich denn das verstehen?« Ruths Unruhe nahm bedenkliche Ausmaße an, und auch Hagen begann am Saum seiner Jacke herumzufingern.

»Mirko, er hat Freigang«, erklärte Elvira.

»Freigänge werden in der Regel eng überwacht und kontrolliert«, rief Ruth der Ärztin in Erinnerung.

»Nicht in dem fortgeschrittenen Stadium dieses Sonderprogramms, an dem Mirko teilnimmt«, gab Elvira zurück. »Ein interdisziplinäres Behandlungsteam, bestehend aus einem Psychologen, dem Therapeuten, dem Sicherheitspersonal und mir ist nach eingehender Beratung darin übereingekommen, dass Mirko für den nächsten Schritt dieses Programms bereit ist. Dabei wurden seine individuellen Behandlungsfortschritte ebenso berücksichtigt wie die Einschätzung des Risikos, das von ihm mutmaßlich ausgehen könnte. Wir sind überzeugt, dass Mirko keine Gefahr für die öffentliche Sicherheit darstellt und der Schutz der Allgemeinheit gewährleistet ist. Schrittweise wurde die Länge seiner Freigänge daher ausgedehnt. Und nie gab es irgendwelche Beschwerden. Aus diesem Grund haben wir ihm eine Woche Freigang ohne Auflagen zugebilligt. Dies nicht zuletzt auch deswegen, um sein Selbstvertrauen und das Vertrauen in unsere Institution zu festigen.«

»Wie viele Tage ist er denn schon auf freiem Fuß?«, rief Hagen dazwischen.

»Vier«, antwortete die Ärztin einsilbig.

»Und wie ist seine Unterbringung während dieser Zeit geregelt?«, hakte Ruth nach.

»Es ist ihm freigestellt, ob er im Institut in seinem Zimmer nächtigt oder in einem der Hotels, die in unser Sonderprogramm eingebunden sind. In unserer Einrichtung hat Mirko sich seit Beginn des Freiganges jedenfalls nicht mehr blicken lassen, wie der

Krankenpfleger der Nachtschicht mir vorhin berichtete. Er wird also in einem der Hotels eingecheckt haben.«

»Finden Sie heraus, wo Mirko Meier untergekommen ist und wann er dort zuletzt gesehen wurde!«, forderte Ruth.

Elvira zögerte erneut. »Eine solche Einmischung ist eigentlich nur für den Notfall vorgesehen. Es könnte den Verlauf des Programms empfindlich stören, wenn ich ihn oder die betreffenden Hotels jetzt zwecks einer Kontrolle kontaktiere.«

»Tun Sie es einfach«, sagte Hagen mit Nachdruck.

»Darf ich fragen, warum zwei Kommissare aus Ostfriesland sich für unseren Patienten interessieren?«, wurden die beiden Kriminalisten daraufhin gefragt.

»Gut möglich, dass Mirko Meier in Greetsiel gesehen wurde«, antwortete Ruth.

Die Frau lachte gekünstelt auf. »Gut möglich. Was soll Mirko denn in diesem Fischerdorf verloren haben?«

»Womöglich ist ihm zu Ohren gekommen, dass sich Katharine Selma hier zwecks Dreharbeiten aufhält.« Ruth bemühte sich, neutral und gelassen zu klingen, sodass die Schlussfolgerungen, die ihre Gesprächspartnerin aus dem Gehörten unweigerlich ziehen musste, mehr Gewicht erhielten.

Der gewünschte Effekt ließ nicht lange auf sich warten. Elvira stieß ein Keuchen aus und hustete, als hätte sie sich verschluckt. »Das … das …«, stammelte sie.

»Das lässt diese Angelegenheit für Sie hoffentlich in einem anderen Licht erscheinen«, gab Ruth sich unaufgeregt. »Tun Sie jetzt also bitte, worum ich Sie gebeten habe.«

»Versuchen Sie zuerst, Ihren Klienten über sein Handy zu erreichen«, schlug Hagen vor. »Ich habe der Person, bei der es sich mutmaßlich um Mirko Meier handeln könnte, vorhin das Smartphone abgejagt. Es befindet sich in unserem Gewahrsam. Sollte der Apparat klingeln, wenn Sie gleich versuchen, Ihren Klienten anzurufen, wären wir schon mal einen Schritt weiter.«

»In Ordnung«, zeigte sich Elvira einverstanden. »Einen kleinen Moment bitte, ich drücke auf meinem Handy die entsprechende Schnellwahltaste.«

Hagen eilte zu seinem Schreibtisch hinüber und kehrte mit dem in einer Klarsichttüte verstauten Smartphone zurück, das dem Flüchtenden aus der Tasche gefallen war. Bevor er das Handy auf

Ruths Schreibtisch legen konnte, begann es zu klingeln. Das Display leuchtete auf, und vor dunklem Hintergrund tauchte eine Meldung auf.

»Anruf von Elve, wird auf dem Apparat jetzt angezeigt«, informierte Hagen die Ärztin.

Ein leiser Fluch war am anderen Ende der Verbindung zu hören.

»So lautet der Spitzname, den Mirko mir gegeben hat.«

Das Klingen des Handys verebbte, denn die Ärztin hatte den Prozess abgebrochen. Das Display wurde wieder dunkel.

»Rufen Sie jetzt bitte in diesen Hotels an, und anschließend teilen Sie uns mit, was Ihre Nachforschung ergeben hat«, drängte Ruth.

»So ... machen wir es!« Elvira verabschiedete sich hastig und legte auf.

Hagen knetete mit einer Hand seinen Nacken. »Verdammt«, sagte er.

Ruth nickte beipflichtend. »Verdammt.«

»Wenn sich Mirko Meier tatsächlich in der Krummhörn aufhält, dann ... dann hat er womöglich ...«

Ruth brachte ihren Partner mit einer Geste zum Schweigen. »Zuerst die Fakten, dann die Spekulationen«, rief sie ihm in Erinnerung.

Hagen brummelte mürrisch, ging zu seinem Schreibtisch und ließ sich in den Bürosessel fallen. Weit streckte er die Beine weit von sich. Die Hände über seinem gut durchtrainierten Bauch gefaltet, schwenkte er den Sessel mit der Hüfte unruhig hin und her. Kaum merklich zuckte er zusammen, als Ruths Telefon erneut anschlug.

»Ja?«, sagte die Hauptkommissarin nur, nachdem sie den Telefonhörer aufgenommen hatte.

»Mirko Meier hat zwar in einem der Hotels eingecheckt, aber danach hat man ihn dort nicht mehr gesehen«, drang Elvira Schleiters Stimme aus dem hinzugeschalteten Lautsprecher der Telefonanlage. »Sind Sie sich denn wirklich sicher, dass Mirko sich in Greetsiel aufhält?«

Hagen war mit seinem Sessel zu Ruths Schreibtisch hinübergerollt.

»Arne Wohley, der Bruder des Mannes, den Ihr Patient ermordet hat, meint, ihn eindeutig erkannt zu haben«, sprach er in Richtung des Apparats, bevor seine Chefin ihm zuvorkommen konnte. »Er war sich nur deshalb ein bisschen unsicher, was die Identität dieses Mannes betrifft, weil er der festen Überzeugung war, dass Mirko Meier sich in sicheren Gewahrsam befindet.«

»Das ist aber doch auch so«, begehrte Elvira auf.

Ruth sah auf ihren Bildschirm, auf dem sie sich einen Ausschnitt des Gerichtsprotokolls anzeigen ließ. »Als Motiv von Mirko Meiers damaliger Tat wird krankhafte Eifersucht angenommen«, sagte sie gedehnt. »Er hat Thorsten Wohley den Kopf eingeschlagen, weil er ihn als Nebenbuhler im Werben um die Gunst von Katharine Selma betrachtete.«

»Von dieser Obsession konnten wir Mirko heilen«, war die Ärztin überzeugt. »Zuletzt schaffte er es sogar, eine Folge von *Eine Landärztin trumpft auf* anzuschauen, ohne dabei allzu emotional zu werden.«

»Und dennoch ist er jetzt offenkundig in die Krummhörn gereist«, erwiderte Ruth. »Um Katharine Selma nahe zu sein.«

»Danach sieht es wohl leider aus«, musste Elvira zerknirscht einräumen. »Aber warum hatte er während seiner vorherigen Freigänge denn nicht versucht, dieser Schauspielerin nahe zu kommen?« In der Stimme der Ärztin schwang ein Hauch von Hoffnung, mit diesem Einwurf den in der Luft liegenden Verdacht ihres Scheiterns zu entschärfen.

Hagen beugte sich leicht vor. »Frau Selma hat sich zuletzt ein Jahr in Italien aufgehalten«, informierte er die Ärztin. »Davon berichten ihre Fans im Internet. Frau Selma spielte während dieser Zeit in einigen B-Movies kleine Nebenrollen. Für das Engagement des Werbeclips, den der Bruder ihres ermordeten Ehemanns in Greetsiel dreht, ist sie extra nach Deutschland zurückgekehrt. Mirko Meier hätte vorher also nach Italien reisen müssen, um der Schauspielerin zu begegnen. Das war ihm vermutlich zu weit.« In Hagens letztem Satz schwang eine gehörige Portion Sarkasmus mit, denn eine Reise nach Italien wäre für Mirko Meier in vielerlei Hinsicht nicht durchführbar gewesen.

»Er hat diese einmalige Gelegenheit jetzt also beim Schopf gepackt«, sagte Elvira niedergeschlagen. »Das ist ein fataler Rückschlag in seiner Entwicklung!«

»Halten Sie es für möglich, dass Mirko erneut dazu fähig wäre, einen Mord zu begehen?«, fragte Ruth nun übergangslos.

Ein ungläubiger Aufschrei schallte aus dem Lautsprecher. »Warum denn jetzt Mord?«, rief die Ärztin entgeistert. »Dass er Katharine Selmas Nähe sucht, wäre gut möglich. Aber dass er in alte

Verhaltensmuster zurückfällt und jemanden tötet, ist eine ganz andere Sache und vollkommen undenkbar!«

»Vor drei Tagen ist einer jungen Schauspielerin der Schädel eingeschlagen worden«, klärte Ruth die Frau jetzt auf. »Ihr Name lautet Anne Jaffer, und für Katharine Selma war sie anscheinend wie eine Tochter gewesen.«

Einen Moment lang herrschte Schweigen am anderen Ende der Verbindung. »Das darf nicht wahr sein«, schluchzte Elvira. »Haben wir uns in Mirko denn wirklich so sehr getäuscht?«

»Heißt das jetzt Ja oder Nein?«, wollte Hagen wissen und kam damit auf Ruths letzte Frage zurück.

»Nein … ja … vielleicht. Ich weiß es nicht!« Die Stimme der Ärztin brach. »Wissen Sie was?«, sagte sie dann mit mäßig gefestigter Stimme. »Ich werde mich schnellstmöglich auf den Weg nach Greetsiel machen. Mirko, er braucht jetzt meine Hilfe!«

Ein Tuten in der Leitung verriet, dass die Frau die Verbindung unterbrochen hatte.

Hagen blies die Wangen auf und ließ hörbar Luft entweichen. »Das wird eine lange Nacht werden«, unkte er.

Ruth nickte. »Wir müssen Mirko Meier finden. Das hat oberste Priorität!« Sie zog ihr Jackett glatt. »Aber zuerst werde ich Arne Wohley über die neuesten Entwicklungen in Kenntnis setzten.«

Kapitel 8

»So sieht die Lage derzeit aus.« Ruth Fasan, die tief eingesunken im Klubsessel in der Lounge des Hotels Krabbenschere saß, legte die Hände auf ihre Oberschenkel. »Mehr kann ich Ihnen aus ermittlungstechnischen Gründen nicht sagen. Aber wir sind uns ziemlich sicher, dass sich Mirko Meier irgendwo in der Krummhörn, wenn nicht sogar in Greetsiel, aufhält.«

Arne Wohley, der der Hauptkommissarin gegenübersaß, rieb sich stöhnend übers Gesicht. »Mirko Meier – der Mörder meines Bruders – auf freiem Fuß!«, ächzte er.

Ruth erhob sich. »Sorgen Sie bitte dafür, dass Ihre Leute heute Nacht das Hotel nicht verlassen. Zu ihrer eigenen Sicherheit.«

Arne stand ebenfalls auf. »Jetzt habe ich jedenfalls ein triftiges Argument, um meine Mitarbeiter dazu anzuhalten, im Hotel zu bleiben. Heute Nachmittag musste ich eine Krisensitzung vortäuschen, um sie zum Bleiben zu bewegen.«

»Das Hotel wird die ganze Nacht über bewacht werden«, versicherte Ruth. »Vielleicht wird das Ihre Leute beruhigen.«

Arne sah Ruth mit gerunzelter Stirn an. »Was werden Sie sonst noch unternehmen?«

Die Hauptkommissarin lächelte zuvorkommend. »Wir haben Verstärkung aus Emden angefordert. Gemeinsam mit diesen Kollegen werden wir nach Mirko Meier suchen. Die ganze Nacht, wenn nötig. Außerdem verteilen wir in Greetsiel überall polizeiliche Aufrufe mit einem Foto von Mirko Meier und der dringenden Bitte, die Polizei sofort zu verständigen, wenn dieser Mann irgendwo gesehen wird.«

Arne atmete tief durch. »Ich hoffe, Sie schnappen diesen Verbrecher. Die Vorstellung, dass dieser … dieser Unmensch frei herumläuft und womöglich für den Tod von Anne …«

»Ob Mirko Meier Anne Jaffer getötet hat, wissen wir nicht«, unterbrach Ruth den Regisseur. »Das sollten Sie nicht vergessen.«

»Aber – das ist doch naheliegend!«, ereiferte sich Arne.

»Das mag sein. Seien Sie also wachsam!« Mit diesen Worten verabschiedete sich Ruth von dem Mann. Anschließend begab sie sich an den Rezeptionstresen des Hotels. Als sie die »Krabbenschere« vorhin betreten hatte, hatte sie den Geschäftsführer zu sprechen verlangt. Der Mann war kurz darauf hinter dem

Rezeptionstresen erschienen und hatte sich geduldig angehört, was die Hauptkommissarin ihm zu sagen hatte. Der Mann trug ein elegantes Sakko und um den Hals ein rotes Tuch, wie es auch die ostfriesischen Fischer verwendeten. Mit dem Foto von Mirko Meier, das Ruth ihm ausgehändigt hatte, hatte sich der Geschäftsführer darangemacht, sämtliche Mitarbeiter zu kontaktieren, um sie zu fragen, ob sie den Verdächtigen im Hotel oder der Umgebung gesehen hatten.

Der Geschäftsführer nickte Ruth jetzt gewichtig zu, als sie ihm, einen Ellenbogen auf die Tresenplatte gestützt, einen fragenden Blick zuwarf.

»Dieser Mann«, sagte er und wedelte mit dem Foto herum. »Wie es aussieht, ist er in meinem Etablissement gesehen worden.«

»Wann und wo?«, fragte Ruth.

Der Geschäftsführer trat vor sie hin. »Es war vor drei Tagen gewesen«, berichtete er. »Im Hotel hielten sich keine Gäste auf. Sie waren am Arbeiten. Wegen dieses Werbefilms.«

»Mhm«, machte Ruth, um den Mann anzuspornen, endlich auf den Punkt zu kommen.

»Eine meiner Reinigungskräfte, eine junge Frau mit Namen Maria Szepes, ist dieser Mann«, erneut wedelte er mit dem Foto, »in einem der Hotelflure über den Weg gelaufen. Maria war ziemlich erschreckt, denn dieser Bursche tauchte plötzlich aus einem der Zimmer auf.« Er machte ein missbilligendes Gesicht. »Maria hatte die Türen sämtlicher Gästezimmer, die sie zu reinigen hatte, offen gelassen, weil sie noch darin zu tun hatte. Sie vermutet, dass sich der Fremde unbemerkt ins Hotel geschlichen hatte und in ihren Flur gelangt war. Wie lange er in den Zimmern herumspukte, ehe sie ihn entdeckte, vermag sie nicht zu sagen. Als sie ihn freundlich fragte, was er hier zu suchen hätte, starrte er sie mit großen Augen an. Anschließend machte er auf dem Absatz kehrt und rannte davon.«

»In welchen Zimmern könnte er gewesen sein?«, wollte Ruth wissen.

»Ich fürchte, es war das Appartement von Frau Selma und das des Regisseurs«, erläuterte der Geschäftsführer kleinlaut. »Die Produktionsleiterin Petra Eckes logiert ebenfalls in diesem Flügel. Ihre Zimmertür stand auch offen.«

»Mirko Meier hatte also für eine unbestimmte Zeit Zutritt zu den Räumen dieser Personen«, fasste Ruth zusammen.

Ihr Gegenüber lächelte verunglückt. »Es scheint so.« Beschwichtigend hob er die Hände. »Es gab von diesen Gästen anschließend aber keine Beschwerden. Dieser Mann scheint in den Räumen also nichts angerührt zu haben.«

Ruth trommelte mit den Fingern auf der Tresenplatte herum. »Haben abgesehen von Frau Szepes noch weitere Ihrer Mitarbeiter diesen Mann gesehen?«

»Jedenfalls nicht, wenn man ihren Aussagen Glauben schenkt«, gab der Geschäftsführer zurück. Als wurde ihm plötzlich bewusst, dass seine geschraubte Ausdrucksweise von der Hauptkommissarin missverstanden werden könnte, bewegte er beschwichtigend die Hände. »Nicht, dass ich Grund zur Annahme hätte, meine Angestellten könnten mir gegenüber nicht ehrlich sein.« Er lächelte zuvorkommend. »Dass Maria mir von ihrem Fauxpas berichtete, beweist, dass wir hier einen familiären, angstfreien Umgang pflegen. Kleine Lässlichkeiten passieren nun mal. Das ist kein Grund, gleich eine Kündigung auszusprechen.« Er verzog säuerlich den Mund. »Das wäre auch unklug, denn es ist in diesen Zeiten gar nicht so einfach, geeignetes Personal zu finden.«

Ruth nickte verstehend. »Danke für Ihre Mitarbeit«, sagte sie höflich. »Und melden Sie sich umgehend, sollte einer Ihrer Mitarbeiter sich an eine Begegnung mit diesem Mann erinnern.« Dabei deutete sie auf das Foto, das jetzt auf der Tresenplatte lag. »Und schlagen Sie Alarm, sollte sich Mirko Meier in Ihrem Hotel noch einmal blicken lassen!«

Der Geschäftsführer lächelte eloquent. »Darauf können Sie sich verlassen.«

Ruth wandte sich ab und verließ das Hotel. Draußen empfing sie die Dunkelheit der Nacht mit einer kühlen Brise, die den Geruch des Meeres mit sich trug. Es lag noch eine Menge Arbeit vor ihr.

*

Arne Wohley zögerte einen Moment, ehe er zaghaft an Katharine Selmas Zimmertür klopfte. »Ich bin es: Arne!«, rief er gedämpft, nachdem er Katharines Stimme auf der anderen Seite der Tür vernommen hatte.

Die Schauspielerin öffnete und stand in einen seidigen, beigen Morgenmantel gehüllt vor ihm. Das gedimmte Licht des schummerig beleuchteten Zimmers drang durch den dünnen Stoff und zeichnete die Umrisse ihres Körpers nach. Arne ertappte sich dabei, wie sein Blick wohlgefällig an Katharines Leib hinabglitt.

»Was gibt es denn?«, erkundigte sich die Schauspielerin und strich sich das Haar aus der Stirn.

Arne räusperte sich, weil er befürchtete, seine Stimme könnte sonst belegt klingen. »Ich habe gerade mit der Kommissarin gesprochen«, begann er und erwartete halb, dass Katharine ihn jetzt brüsk abweisen würde. Doch stattdessen schnürte sie den Gürtel ihres Morgenmantels enger um ihre Taille und wandte sich ab.

»Und warum kommst du damit zu mir?«, erkundigte sie sich und schlenderte tiefer ins Zimmer hinein. »Findest du nicht, dass mich der Tod dieses armen Dings nicht schon genug belastet?«

Arne drückte die Tür hinter sich ins Schloss und folgte Katharine. »Es … gibt eine neue Entwicklung in diesem Mordfall.«

Katharine warf ihm über die Schulter einen überraschten Blick zu. »Hat man den Mörder bereits dingfest gemacht?«

Arne verzog bedauernd das Gesicht. »Das wohl noch nicht. Aber es gibt eine heiße Spur.«

Katharine ließ sich auf der Bettkante nieder, schlug die Beine übereinander und drapierte die Schöße des Morgenmantels über ihre Knie. »Erzähl!«, forderte sie Arne auf.

Einer inneren Eingebung folgend, kniete er sich vor ihr hin und sah sie von unten herauf eindringlich an. »Ich fürchte, es wird dir nicht gefallen, was ich dir jetzt zu berichten habe«, setzte er an.

Katharines Miene verdüsterte sich. »Sei nicht so theatralisch«, tadelte sie und strich dabei mütterlich über seinen Scheitel.

»Mirko Meier … er ist in Greetsiel aufgetaucht, fürchte ich.« Hastig ergriff er ihre zurückweichende Hand, hielt sie fest.

Die Farbe war aus Katharines Gesicht gewichen. »Das … ist nicht dein Ernst«, stammelte sie.

»Ich habe ihn mit eigenen Augen gesehen – heute Nachmittag.« Arne drückte inniglich ihre Hand. »Ich habe erst nicht geglaubt, dass er es wirklich sein könnte. Frau Fasan, diese Hauptkommissarin, hat mich vorhin in die Lobby gebeten und bestätigt, dass er … dass er es wirklich sein könnte.«

Katharine riss ihre Hand aus seinen Fingern. »Hattest du uns heute Nachmittag deshalb befohlen, ins Hotel zu gehen. Es war also bloß ein Vorwand, diese Krisenbesprechung einzuberufen?« Strafend sah sie ihn an. »Warum warst du nicht ehrlich zu mir?«

»Ich wollte dich nicht unnötig beunruhigen«, rechtfertigte sich Arne. »Es war ja bloß eine Vermutung – und eine sehr unwahrscheinliche obendrein, denn Mirko Meier … er sollte doch eigentlich sicher in dieser Psychiatrie weggesperrt sein.« Er berührte Katharines Knie. »Aber jetzt … jetzt haben wir Gewissheit. Mirko Meier, er …«

»Hat er Anne umgebracht?« Katharine sah den vor ihr knienden Regisseur mit brennendem Blick an.

Arne zuckte unbehaglich mit den Schultern. »Denkbar wäre es.« Unstet bewegte er die Augen, auf der Suche nach einem Gegenstand, den er anstarren konnte, um seine bohrenden Gedanken in eine andere Richtung zu lenken, die nicht aufhören wollten, um Mirko Meier, den Mörder seines Bruders, zu kreisen. Sein Blick wischte über das Foto von Katharine und Thorsten auf dem Nachttisch und über das aktualisierte Skript. Katharine hatte offenbar darin gelesen und dazu ein Glas Wasser getrunken. Er sah zu der mit einem Spiegel versehenen Anrichte hinüber, auf der Parfümflakons und Schminkutensilien standen. Auch die Filmpreise, die Katharine im Laufe ihres bewegten Schauspielerlebens eingeheimst hatte, waren dort aufgereiht. Es war eine liebenswürdige Marotte von Katharine, diese Trophäen stets bei sich zu haben.

Plötzlich zuckte das kaltblaue Licht der Kreisellampe eines Streifenwagens durchs Zimmer. Der Schein drang an den Rändern des Vorhangs durch die Spalten, ließ die goldenen, silbernen und bronzenen Trophäen aufschimmern, als stünden sie im Scheinwerferlicht einer Theaterbühne.

»Die Polizei!«, sagte Katharine aufgeregt.

Arne erhob sich. »Sie suchen nach Mirko Meier.« Wie unter fremdem Zwang trat er vor die Anrichte hin. Und plötzlich wusste er, was ihn am Anblick des Arrangements aus Flakons, Döschen und Filmpreisen störte. Befremdet drehte er sich zu Katharine um.

»Wo ist der *Goldene Scheinwerfer*, den du für deine Hauptrolle in *Eine Landärztin trumpft auf* bekommen hast?«

Katharine furchte die Stirn. »Er müsste bei den anderen Trophäen stehen«, sagte sie und machte einen langen Hals, um zur Anrichte hinüberzusehen.

Arne spähte umher. »Hier ist der *Goldene Scheinwerfer* nicht!«

»Muss er aber!« Katharine schnellte hoch und ging zu Arne hinüber. Hektisch schob sie die Gegenstände auf der Anrichte hin und her. Dann starrte sie den Regisseur entgeistert an. »*Der Goldene Scheinwerfer* ... wo ist er?«

Arne packte sie bei den Oberarmen. »Du hattest ihn aber doch bei dir, oder nicht?«

Katharine deutete mit einem Kopfnicken zu den Trophäen hin. »Ich habe ihn dorthin gestellt, als ich mein Zimmer bezogen hatte!«

»Dann ist er gestohlen worden?« Arne ließ die Schauspielerin los und taumelte einen Schritt zurück. Mit dem *Goldenen Scheinwerfer* war sein Bruder erschlagen worden. Katharine hatte hart dafür gekämpft, diese Trophäe von der Polizei zurückzubekommen. Erst als sie ihren Rechtsanwalt einschaltete, wurde ihr die Statuette in der Form eines auf einem Stativ stehenden Scheinwerfers zurückgegeben, die als Tatwaffe eingestuft in der Asservatenkammer der Kripo Berlin verwahrt wurde.

»Das ... das kann nicht sein!« Katharines Stimme war nicht mehr als ein klägliches Krächzen.

»Seit wann ist der Scheinwerfer fort?«, fragte Arne.

»Das weiß ich nicht!« Die Schauspielerin fuchtelte ungehalten mit den Armen. »Ich hatte in den vergangenen Tagen anderes zu tun, als meine Trophäen zu bestaunen, das kannst du mir glauben!«

Arne umfasste ihre Handgelenke und hielt sie auf Brusthöhe fest. »Du musst sofort abreisen!«, verlangte er.

Katharine riss sich los. Anklagend deutete sie zum Fenster hin. »Ich werde keinen Fuß vor die Tür setzen, bis dieser ... dieser Killer nicht geschnappt wurde!«, kreischte sie.

*

Um dreiundzwanzig Uhr kehrte Hagen Reese ins Büro der Polizeiwache Greetsiel zurück. Wie viele Hotels und Ferienunterkünfte er auf der Suche nach Mirko Meier inzwischen abgeklappert hatte, konnte er schon nicht mehr sagen. Bislang waren seine Nachforschungen vergebens gewesen. Der Gesuchte war in keinem der Etablissements abgestiegen, die Hagen aufgesucht hatte. Ruth, Alice und die Kollegen aus Emden, die ihnen zur Verstärkung geschickt worden waren, hatten bisher auch kein Glück gehabt. Die waren sogar so weit gegangen, abendlichen Spaziergängern ein Foto des Verdächtigen zu zeigen und zu fragen, ob sie den Mann in Greetsiel gesehen hätten. Auch die polizeilichen Aufrufe hingen inzwischen an fast jedem Laternenpfahl. Aber all diese Maßnahmen hatte nicht zum erhofften Ergebnis geführt. Von Mirko Meier fehlte jede Spur.

Hagen schaltete die Schreibtischlampe ein und durchstöberte die Computerausdrucke, die auf seinem Schreibtisch verstreut lagen. Endlich fand er, wonach er gesucht hatte: das Handy von Mirko Meier.

Hagen hatte den Apparat eigentlich in die forensische Abteilung in Emden schicken wollen, damit dieser von den Spezialisten entsperrt und die darauf gespeicherten Daten gesichtet werden konnten. Da sich die Ereignisse am Nachmittag jedoch überschlagen hatten, war er noch nicht dazu gekommen, das Handy von einem Kurier zur Emdener Kripo bringen zu lassen. Wenn er ehrlich war, hatte er es schlichtweg vergessen. Ruth wäre sicherlich nicht begeistert, wenn sie davon erfuhr. Und bestimmt würde sie auch nicht gutheißen, was Hagen jetzt zu tun beabsichtigte. Aber er war bereit, die Konsequenzen zu tragen. Zwischen ihm und seiner Chefin lief es momentan sowieso nicht rund, da kam es auf einen Reibungspunkt mehr oder weniger auch nicht an.

Hagen streifte Einmalhandschuhe über, öffnete die Klarsichttüte zur Beweismittelsicherung und ließ das Smartphone auf seinen Schreibtisch gleiten. Er schaltete den Apparat ein, und weil ein übergroßes Batteriesymbol ihm anzeigte, dass die Akkuladung unter zwanzig Prozent gesunken war, schloss er das Gerät an ein Ladekabel an. Jetzt würde er so lange mit dem Handy herumexperimentieren können, wie es ihm beliebte, ohne zu riskieren, dass es aus Energiemangel plötzlich ausging.

Nun sah Hagen zum ersten Mal das Motiv des Sperrbildschirms. Vor blauem Hintergrund war ein goldener Scheinwerfer abgebildet, wie er für Filmaufnahmen verwendet wurde. Es handelte sich um ein aufwendig gearbeitetes Miniaturmodell. Der Sockel war mit einer Gravur versehen: *Für außergewöhnliche schauspielerische Darbietung.*

Hagen spürte, wie sich ihm die Nackenhaare aufstellten. Er wusste von der Bedeutung dieser Trophäe, weil in den Polizeiakten über den Mord an Thorsten Wohley darüber berichtet wurde. Mit dieser aus vergoldetem Messing gefertigten Plastik war Katharine Selmas Ehemann erschlagen worden. Es war derselbe *Goldene Scheinwerfer* gewesen, der Katharine für ihre Rolle in der Fernsehserie *Eine Landärztin trumpft auf* verliehen worden war.

Dass Mirko Meier, der für dieses Verbrechen rechtskräftig verurteilt worden war, ausgerechnet ein Foto dieser Mordwaffe auf seinem Smartphone abgespeichert hatte, fand Hagen mehr als nur verstörend und zeugte seiner Meinung nach von dem krankhaften Wesen dieses Mörders.

Der junge Kommissar schüttelte sein Unbehagen ab und konzentrierte sich auf sein Vorhaben, das Handy zu entsperren. Dies konnte entweder mit einem Fingerabdruck oder mit einem Passwort bewerkstelligt werden. Hagen wählte die zweite Option und überlegte, was er eingeben sollte.

Wenn Mirko Meier ein Passwort aus einer zufälligen Folge von Zahlen, Buchstaben und Sonderzeichen generiert hatte, würde er den Apparat nicht entsperren können und musste warten, bis die Spezialisten in Emden dies erledigt hätten. Es hätte ihn allerdings gewundert, wenn ein Mann wie Mirko Meier, dessen Sperrbildschirmfoto einen starken, symbolträchtigen Charakter aufwies, mit dem Passwort nicht ähnlich verfahren wäre.

Ohne lange zu zögern, gab er den Namen der Schauspielerin ein, die Mirko Meier mit zwanghafter Eifersucht so sehr vergötterte, dass er bereit gewesen war, für sie zu morden. *Falsches Passwort* wurde ihm daraufhin angezeigt.

Hagen gab den Namen der Fernsehserie ein, in der Katharine die Hauptrolle gespielt und die sie berühmt gemacht hatte.

Erneut Fehlanzeige.

»Wie lautet eigentlich der Name dieser Landärztin aus der Serie?«, fragte er sich murmelnd. Ein kurzer Blick ins Internet verriet es ihm. *Tina Hopf*, gab er daraufhin in die Maske für die Passwortabfrage ein.

Ein triumphierender Laut entschlüpfte seinen Lippen, als das Handy entsperrte und der Startbildschirm mit den App-Symbolen erschien. Das Hintergrundbild zeigte Katharine Selma in ihrer Rolle als Landärztin Tina Hopf. Sie wirkte überaus adrett, aber dennoch gesetzt-ernst und auf eine gewisse Weise auch mütterlich. In der Serie verkörperte sie eine reife Frau, die ihren Beruf mit großer Leidenschaft nachkam. Dies spiegelte sich sowohl in ihrer Aufmachung als auch in ihrem Auftreten wider.

Hagen machte sich daran, die Daten auf dem Smartphone zu sichten.

Das Adressbuch gab nur wenig her, denn es waren kaum Nummern darin gespeichert. Telefonate hatte Mirko in den vergangenen Wochen keine getätigt. Den letzten Anruf erhielt er am heutigen Tag von Elvi; diesen hatte Hagen während des Gespräches mit der Ärztin Elvira Schleiter selbst in die Wege geleitet. Vor diesem Kontaktversuch waren mehrere Tage lang keine Aktivitäten auf dem Apparat registriert worden.

Als Nächstes ließ sich Hagen den Browserverlauf anzeigen. Und der wartete sogleich mit einer erhellenden Überraschung auf. Wie sich zeigte, hatte Mirko das Internet regelmäßig nach Einträgen mit dem Suchbegriff *Katharine Selma* durchforstet. Zuletzt war er dabei auf die Meldung gestoßen, dass Arne Wohley die Schauspielerin für einen Werbeclip der Fischrestaurantkette Garnell angeheuert hatte. Für dieses Engagement wollte Katharine Italien verlassen, um nach Deutschland zurückzukehren, wurde berichtet. Auch über Greetsiel, den geplanten Drehort, gab es einen Artikel.

»So also hast du von den Plänen deiner Angebeteten erfahren«, murmelte Hagen. »Und du hattest viel Zeit, deinen kleinen Ausflug nach Greetsiel zu planen, wie es aussieht.«

Jetzt wandte sich Hagen den gespeicherten Fotos und Videoaufnahmen zu. Für die Filmaufnahmen interessierte er sich am meisten, darum öffnete er den dazugehörigen Ordner zuerst – und war erstaunt, wie viele Filmchen darin enthalten waren. Noch erstaunlicher war die Tatsache, dass die Aufnahmen ausnahmslos in den letzten drei Tagen entstanden waren.

Hagen ging bei der Sichtung chronologisch vor. Es war nicht schwer zu erkennen, dass die Filme alle in Greetsiel aufgenommen worden waren, und zwar vornehmlich in der Nähe der Drehorte für den Werbespot. Mirko hatte offenbar versucht, so nahe wie möglich an das Geschehen heranzukommen, was ihm nur selten gelungen war. Dabei blieb sein Fokus stets auf Katharine Selma gerichtet. Die Aufnahmen waren meist nur wenige Sekunden lang, wirkten stark verwackelt und unscharf.

»Keine befriedigende Ausbeute«, murmelte Hagen. Dann stockte ihm der Atem. Auf dem Handydisplay wurde jetzt das Innere eines Hotelzimmers abgebildet. Mirko hatte das Bett gefilmt, und anschließend eine Anrichte. Und auf der standen zwischen Flakons und Schminkutensilien einige Filmpreistrophäen; darunter der *Goldene Scheinwerfer*.

Plötzlich erschien ein in einen Parka gekleideter Mann im Spiegel der Kommode. Das hagere Gesicht von Mirko Meier schaute unter der hochgeklappten Kapuze hervor. Er hielt sein Smartphone vor sich und filmte. Als er die Kameralinse jetzt auf die Utensilien auf der Kommode ausrichtete, glitten der Spiegel und Mirkos Gestalt aus dem Fokus und verschwanden.

Eine Hand tauchte in der Aufnahme auf. Der Perspektive nach musste es sich um die Hand des Filmenden handeln. Die Finger berührten den *Goldenen Scheinwerfer* zögernd, strichen kosend darüber hinweg. In dem Moment da Mirko entschlossen zupackte brach die Aufnahme ab.

Hagen rieb sich überlegend den Nacken. Als kurz das Fenster des Zimmers ins Bild gekommen war, hatte er einen Ausschnitt der Straße sehen können und sofort erkannt, dass auch diese Aufnahme in Greetsiel entstanden war. Dass es sich um ein Hotelzimmer handelte, war auch unschwer zu erkennen gewesen. »Mirko Meier war im Appartement von Katharine Selma«, schlussfolgerte er. *Und hat dort womöglich ihren Goldenen Scheinwerfer an sich gebracht*, fügte er in Gedanken hinzu.

Hagen wollte es nun nicht länger hinauszögern, Ruth anzurufen und ihr von seinen Entdeckungen zu berichten. Er schnappte sich sein Handy und drückte die Schnellwahltaste.

»Hagen?«, drang Ruths Stimme nach mehrmaligem Klingeln schließlich an sein Ohr. »Ich bin gerade im Emsweg, wo Sie sich eigentlich aufhalten sollten. Aber ich kann Sie nicht finden. Wo stecken Sie? Ich habe etwas mit Ihnen zu besprechen!«

Der junge Kommissar erklärte, dass er die Suche nach Mirko Meier eingestellt hatte und was er stattdessen getrieben hatte. Bevor Ruth ihre Verwunderung über seine Eigenmächtigkeit ausdrücken konnte, berichtete er hastig, was er auf Mirkos Smartphone entdeckt hatte.

»Das gibts doch nicht!«, entfuhr es Ruth daraufhin. »Stellen Sie sich vor: Ich habe vor ein paar Minuten einen Anruf von Arne Wohley erhalten, und wissen Sie, was er mir berichtete?«

»Nein«, sagte Hagen nach kurzem Zögern. »Wie sollte ich?«

»Katharine Selma ist ihr *Goldener Scheinwerfer* abhandengekommen. Offenbar hat sie es vorhin erst entdeckt!«

»Okay«, sagte Hagen gedehnt. »Dann wissen wir jetzt vermutlich, was mit dieser Trophäe geschehen ist.«

»Mirko Meier könnte sie an sich gebracht haben«, bestätigte Ruth Hagens Verdacht. »Tatsächlich ist er in dem Hotel von einer Reinigungskraft dabei überrascht worden, wie er in den Zimmern der Filmcrew herumgeisterte. Im Appartement von Katharine Selma ist er auch gewesen. Das war es, was ich Ihnen im Emsweg eigentlich hatte mitteilen wollen.«

»Wir müssen diesen Burschen unbedingt finden!«, entfuhr es Hagen.

»Kehren Sie in den Suchbereich zurück, den ich Ihnen zugewiesen habe«, forderte Ruth ihn auf.

»Ich bin mit der Sichtung der Daten auf Mirko Meiers Smartphone noch nicht fertig«, entgegnete Hagen.

Ruth zögerte kurz. »Also schön«, lenkte sie ein. »Machen Sie weiter und halten Sie mich auf dem Laufenden. Gute Arbeit, Kollege!«

Hagens Mund verzog sich zur Andeutung eines Lächelns. »Danke für das Lob«, sagte er, musste dann aber feststellen, dass Ruth die Verbindung bereits unterbrochen hatte.

*

Mit einem bedeutend besseren Gefühl als zuvor widmete sich Hagen erneut den Daten auf Mirko Meiers Handy. Nur eine einzige Videodatei hatte er sich noch nicht angesehen. Sie umfasste mehrere Megabyte, und als Hagen sie startete, war er verblüfft, wie nahe Mirko Katharine diesmal gekommen war. Er musste die Schauspielerin aus dem Verborgenen heraus mit dem Handy gefilmt haben, denn Katharine ließ durch nichts erkennen, dass sie ihren Stalker bemerkt hätte. Die junge Frau, mit der sie sich unterhielt, schien ebenfalls nichts von dem heimlichen Beobachter zu ahnen. Es handelte sich um Anne Jaffer, wie Hagen schnell erkannte. Die beiden Frauen hielten sich an Deck der *Garnell 1* auf, wie die blitzsauberen Gerätschaften verrieten. Mirko musste auf einem benachbarten Kutter gestanden haben, als die Aufnahme entstanden war.

Hagen erhöhte die Lautstärke, um verstehen zu können, was die Schauspielerinnen sagten. Anschließend startete er das Video von Neuem.

»... 'ne, danke!«, hörte er Anne verächtlich ausstoßen. »Auf deine wohlmeinende Unterstützung kann ich gut und gerne verzichten!« Anne musterte Katharine abschätzig von oben bis unten. »Sieh dich doch nur an! Deine Tage als Star sind gezählt. Du bist nur noch ein Schatten deiner selbst. Was, außer mitleidigen Blicken, sollte es mir einbringen, wenn ich dich überall herumerzählen ließe, du wärst meine Mentorin?«

Katharine blies empört die Wangen auf. »Ein bisschen mehr Respekt möchte ich mir schon ausbitten«, äußerte sie sich pikiert.

Anne stemmte die Fäuste in die Seiten. »Denkst du, ich hätte dich nicht durchschaut? Du biederst dich bei mir nur deshalb an, damit ein bisschen was von dem Glanz meiner zukünftigen Erfolge auf dich abfärbt!«

Katherines Gesicht lief rot an. »Das ... habe ich überhaupt nicht nötig!«

»Du hast das sogar bitter nötig!«, höhnte Anne. »Nach einer Handvoll unbedeutender Nebenrollen in einigen B-Movies trittst du jetzt in einem Werbespot auf. Was wohl die nächste Stufe deines beruflichen Abstiegs für dich bereithält? Vielleicht eine Stelle als Moderatorin in einem abgehalfterten Verkaufssender?«

»Warum bist du so gemein zu mir?«, stieß Katharine gepeinigt aus.

»Damit du begreifst, dass du mich in Ruhe lassen sollst!«, schrie Anne. »Dein Versuch, mich emotional einzufangen, indem du behauptest, ich wäre wie eine Tochter für dich, ist voller List und Tücke. Dabei spielst du deine Rolle nicht einmal gut. Jeder Einfaltspinsel würde erkennen, dass du es gar nicht ernst meinst, sondern es dir nur um dich selbst geht!«

Plötzlich kam Arne Wohley ins Bild. »Seid ihr bereit für den nächsten Take?«, fragte er in aufgeräumter Stimmung. »Petra liegt mir in den Ohren und meint, dass wir uns beeil-« An dieser Stelle fand das Video ein abruptes Ende.

Hagen wandte den Blick vom Handy ab und betrachtete sinnierend einen Fleck auf seinem Jackenärmel, ohne diesen wirklich wahrzunehmen.

Der Wortwechsel dieser beiden Frauen hatte es in sich. Anne war verletzend und grob gewesen. Wenn sie richtig vermutet hatte, was Katharines Beweggründe betraf, hätte Hagen ihre Reaktion durchaus nachvollziehen können, obzwar sie ihm auch ein bisschen zu hart vorkam. Aber wenn Anne sich getäuscht hatte, musste Katharine ihre Abfuhr doppelt hart getroffen haben.

Was Mirko Meier wohl gedacht haben mochte, als er diesen Wortwechsel heimlich filmte und später dann womöglich wieder und wieder anschaute? Hagen zweifelte nicht daran, dass Mirko in seiner fanatischen Verbohrtheit unverrückbar auf Katharines Seite stand. Er konnte ihr wahrscheinlich gar keine Winkelzüge oder Falschheiten unterstellen, wie Anne es getan hatte. Er musste unweigerlich von Katharines Redlichkeit überzeugt gewesen sein und war es sicherlich noch immer. Anne aber musste ihm wie eine hartherzige Hexe vorgekommen sein. Eine Person, die sein Idol sträflich verletzt und niedergemacht hatte!

»Hast du Anne deswegen getötet?«, murmelte Hagen. »Erschlagen mit einer Filmpreistrophäe, die Katharine für ihre herausragenden schauspielerischen Leistungen erhalten hatte, und mit der du Jahre zuvor ihren Ehemann, deinen Nebenbuhler, aus dem Weg geräumt hast?«

Hagen war drauf und dran, erneut zum Telefon zu greifen und Ruth von seiner Entdeckung zu berichten. Dann aber entschied er, zuvor noch die Fotos durchzusehen, die sich auf dem Smartphone befanden.

Der Fotoordner beinhaltete fünfzehn Aufnahmen. Das Motiv war stets dasselbe: Die *Garnell 1*. Der am Kai festgemachte Krabben-kutter war allerdings von der Wasserseite aus aufgenommen worden, und zwar jedes Mal aus ein und demselben Winkel heraus und immer im Morgengrauen. Dem Zeitstempel zufolge entstanden die Fotos in drei aufeinanderfolgenden Tagen.

Hagen stand auf und trat vor die Landkarte von Greetsiel hin, die an der Wand hing. Er legte den Zeigefinger an die Stelle, wo die *Garnell 1* festgemacht hatte. Den anderen Zeigefinger platzierte er dort, von wo aus den perspektivischen Gegebenheiten zufolge die Fotos geschossen worden waren.

»Der Yachtclub!«, stieß er aus. Und plötzlich glaubte er zu wissen, wo sie Mirko Meier finden würden.

»Hätte das nicht bis morgen Zeit gehabt?« Der für den Yachtclub zuständige Aufseher bemühte sich gar nicht erst, den Ausdruck griesgrämiger Verschlafenheit aus seinem Gesicht zu bannen. Gefolgt von den Kommissaren und den Streifenpolizisten trottete er im Dunkeln auf das Tor zu, das den Zugang zum Anleger des Yachtclubs versperrte. Einen geschickten Kletterer hätte diese Vorrichtung allerdings kaum davon abgehalten, auf die Gangway zu gelangen, die zu den Stegen mit den daran festgemachten Yachten führte.

»Wir hätten Sie ja wohl kaum aus Ihrem Bett geklingelt, wenn wir es hätten vermeiden können«, ging Ruth auf die mürrische Bemerkung des Mannes ein. »Es gibt nämlich weitaus angenehmere Anblicke als den eines schlafwandelnden Griesgrams.«

Alice kicherte vergnügt, und der Aufseher warf Ruth über die Schulter hinweg einen leicht amüsierten Blick zu. »Komisch, meine Frau hat vorhin etwas Ähnliches zu mir gesagt«, bemerkte er trocken. Anschließend sperrte er das Tor auf und wies einladend die sich anschließende Gangway hinunter.

Alice und ihre Emdener Kollegen schalteten die Stablampen an und gingen voraus. Die Lichtkegel glitten bedachtsam über die Reihen der Motorboote, rissen deren Aufbauten aus dem Dunkel und ließen die Yachten in der Nacht grellweiß aufleuchten.

Beim ersten Boot angekommen, wechselten die uniformierten Männer hinüber an Bord und begannen mit der Durchsuchung. Hagen und Alice taten dasselbe auf der nachfolgenden Yacht. Das Licht der Taschenlampen geisterte über die Boote oder flutete aus den Bullaugen, während die Beamten sich unter Deck umsahen.

Ruth schaltete ihre Stablampe nun ebenfalls ein. Systematisch ließ sie den Lichtkegel über die weiter entfernt liegenden Boote gleiten. Von dem Hauptsteg gingen mehrere Seitenstege ab, an denen die Yachten dicht an dicht festgemacht waren. Sollte sich Mirko, wie von ihnen vermutet, heimlich in einem der Wasserfahrzeuge eingenistet haben, dürften ihm die Aktivitäten im Yachthafen jetzt kaum entgehen. Das Vordringen der Uniformierten würde ihn sicherlich beunruhigen und nervös machen.

Plötzlich bemerkte Ruth einen huschenden Schatten. Blitzschnell richtete sie den Lichtstrahl auf die Bewegung aus und erfasste ein Segelboot. Eine in einen Parka gekleidete Gestalt mit über den Kopf gezogener Kapuze stand an Deck der Yacht und riss geblendet die Arme hoch.

Unwillkürlich griff Ruth nach ihrer Dienstwaffe. »He, Sie da. Polizei. Rühren Sie sich nicht vom Fleck!«, rief sie.

Der Mann aber dachte nicht daran, zu gehorchen. Geduckt stolperte er auf die Reling zu und wäre fast gestürzt, als er auf den Steg sprang.

»Sie sollen stehen bleiben!«, schrie Ruth. Die Pistole und die Taschenlampe mit angewinkelten Armen parallel vor sich haltend, rannte sie den Hauptsteg entlang. Zur gleichen Zeit tauchte Hagen hinter ihr auf.

»Das ist er!«, rief er.

Der Mann im Parka stürmte den hölzernen Seitensteg Richtung Hauptanlagebrücke hinunter.

»Wo will er hin?«, wunderte sich Hagen, während er hinter Ruth hereilte. »Der Yachthafen hat nur einen Ausgang, und der liegt hinter uns. Dieser Bursche muss an uns vorbei, wenn er uns entwischen will.«

»Nicht zwangsläufig.« In Ruths Stimme schwang eine ungute Vorahnung. Und die erfüllte sich nun prompt. Als der Flüchtende nämlich das Ende des Seitenstegs erreichte, schwenkte er nicht auf die Hauptbrücke ein, sondern stürzte sich kopfüber ins Wasser.

»Verdammt!«, fluchte Hagen. »Das meint der doch wohl nicht ernst?«

Wenig später erreichten sie die Stelle, wo der Mann ins Hafenbecken gesprungen war. Die klatschenden Geräusche eines anscheinend nicht sehr geübten Schwimmers hallten zu ihnen herüber. Die kompakte Kleidung dürfte den Mann zusätzlich behindern.

Endlich erfasste Ruths über das dunkle Wasser gleitender Lichtstrahl einen Kopf. Die Kapuze war herabgerutscht, und als der Flüchtende während eines Schwimmzuges hektisch den Kopf wendete, war sein Gesicht deutlich zu erkennen.

»Mirko Meier!«, rief Hagen dem Mann zu, der schon einige Meter vorangekommen war. »Kehren Sie um. Wir werden Sie so oder so kriegen!«

Die Schwimmbewegungen des Mannes wirkten plötzlich unkontrolliert und ungelenk. Im nächsten Moment verschwand der Kopf unter der Wasseroberfläche und tauchte nach Luft schnappend augenblicklich wieder auf.

»Hilfe!«, schrie Mirko mit überschnappender Stimme, schlug mit den Armen unkoordiniert um sich. Das Wasser schäumte im Lampenlicht hell auf, und dann zog es den Schwimmer erneut in die Tiefe.

»Verflucht!«, schimpfte Hagen aufs Neue. Ohne Zögern streifte er seine Jacke ab, warf sie auf den Steg und legte seine Waffe und die Taschenlampe darauf. Dann stieß er seine Schuhe von sich und schnellte sich mit einem kräftigen Sprung ab. Lang ausgestreckt schoss Hagen aufs Wasser zu und glitt mit einem gekonnten Kopfsprung hinein.

»Hilfe!«, kreischte Mirko unterdessen mit ersticktem Gurgeln.

Während Hagen mit kräftigen Kraulbewegungen auf den in Not geratenen Flüchtigen zuhielt, erschienen Alice und ihre Emdener Kollegen an Ruths Seite. Die Streifenpolizistin trug einen Rettungsring unter dem Arm, den sie einem der Halter entnommen hatte, die entlang der Bootsstege aufgestellt waren.

Gebannt beobachteten sie vom Steg aus, wie Hagen den Ertrinkenden erreichte, ihn packte und mit sich zum Yachthafen zog. Als er nahe genug herangekommen war, warf Alice ihm den an einer Leine hängenden Rettungsring zu. Dann war es nur noch eine Sache von wenigen Minuten, bis sich die beiden triefendnassen Männer schwer atmend auf den Anleger hinaufziehen ließen.

»Mirko Meier«, sprach Ruth den auf dem Rücken liegenden keuchenden Mann im Parka neutral an. »Sie sind vorläufig festgenommen.«

Mirko schlug die Hände vors Gesicht, sodass nur sein weit geöffneter und nach Luft schnappender Mund unbedeckt blieb. Außer einem gepressten Keuchen kam kein Ton über seine Lippen.

Der Aufseher kam herbei und schüttelte fassungslos den Kopf. »Meine Güte. Das hätte auch böse enden können.« Er deutete zu den Hütten des Yachtclubs hinüber, deren Silhouetten sich im Dunkeln undeutlich abzeichneten. »Im Fundbüro liegen Handtücher und trockene Kleidung. Die kann ich Ihnen zur Verfügung stellen.«

»Das wäre sehr hilfreich.« Ruth schob ihre Waffe in das Holster. Dann wies sie Alice und ihre Kollegen an, sich in dem Segelboot umzuschauen, aus dem Mirko Meier hervorgekommen war.

Kapitel 9

Alice Bergmann begrüßte Ruth Fasan mit einem herzhaften Gähnen, als diese die Polizeiwache betrat. »Endlich, meine Ablösung«, sagte sie und warf einen Blick auf ihre Armbanduhr. »Wobei: Sie sind ja überpünktlich, Frau Hauptkommissarin.«

»Ich konnte eh nicht schlafen«, erwiderte Ruth. »Stattdessen habe ich mir einige Folgen von *Eine Landärztin trumpft auf* angeschaut.«

»Und. Sind Sie jetzt auch ein Fan dieser Serie geworden?«

Ruth wiegte abwägend den Kopf. »Die schauspielerische Leistung von Frau Selma ist unbestritten. Sie spielt ihre Rolle überzeugend.«

Alice nickte verstehend. »Aber das Genre ist nicht unbedingt ihr Fall, habe ich recht?«

»Ich lese lieber«, gab Ruth neutral zurück und lächelte dann zuvorkommend. »Also bin ich eine Stunde früher zum Dienst aufgebrochen.« Sie deutete zur Verbindungstür, die in den Flur mündete, von dem die Arrestzelle und der Verhörraum abzweigten. »Wie geht es unserem Gefangenen?«, erkundigte sie sich.

Alice kam hinter dem Tresen hervor. »Der schläft tief und fest.«

»Gab es in der Nacht irgendwelche Vorfälle?«, hakte Ruth nach.

»Mirko Meier hat sich vollkommen ruhig verhalten«, berichtete Alice. »Allerdings hat er auch kein einziges Wort gesagt … jedenfalls nicht, wenn ich anwesend war, um nach dem Rechten zu sehen.«

Ruth furchte leicht die Stirn. Das Mirko Meier schwieg, seit Hagen ihn aus dem Wasser gefischt hatte, gab ihr zu denken. Wortlos hatte er die trockene Kleidung entgegengenommen und sich dann später kommentarlos in die Arrestzelle sperren lassen. Ob er die Fragen der Kommissare wahrgenommen hatte, die ihm unentwegt gestellt worden waren, war ihm mit keiner Miene anzusehen gewesen.

»Ruhen Sie sich jetzt aus, Sie haben es sich verdient«, sagte Ruth an Alice gerichtet.

Die Streifenpolizistin gähnte daraufhin erneut und sagte: »Ich wünsche Ihnen einen erfolgreichen Dienst, Frau Hauptkommissarin.« Nach diesen Worten wandte sie sich ab und verließ das denkmalgeschützte Friesenhaus.

Ruth stand einen Moment lang unschlüssig da. Dann gab sie sich einen Ruck und begab sich zur Arrestzelle. Sie sperrte die Tür auf und trat ein. Mirko lag auf der Pritsche, die Wolldecke über die Ohren gezogen. Seine Augen waren geöffnet.

»Sind Sie jetzt bereit, mit der Polizei zu sprechen?«, fragte Ruth. Mirkos Blick schien durch sie hindurchzugehen. Er bewegte nicht einmal die Lippen.

»Sie stehen unter Verdacht, Anne Jaffer getötet zu haben«, erklärte Ruth geduldig. »Irgendwann werden Sie sich dazu äußern müssen.«

Ruth wartete, erhielt jedoch keine Antwort. Sie wollte gerade zu einer weiteren Frage ansetzen, als vom Empfangsbereich ein lautes Niesen zu ihr herüberschallte. Obwohl die Verbindungstür geschlossen war, war dieser allzu menschliche Laut deutlich zu hören gewesen.

Ruth schloss die Zellentür und kehrte zum Eingangsbereich der Wache zurück. Hagen Reese, der vernehmlich in ein Taschentuch schnäuzte, stand vor dem Tresen.

»Sie Armer«, sagte Ruth. »Das Bad im Sielzufluss hat Ihnen offenbar nicht gutgetan.«

Hagen nickte mürrisch und wischte sich die Nase mit dem Taschentuch. Dann warf er seiner Chefin einen fragenden Blick zu.

»Ich habe Alice nach Hause geschickt«, erklärte Ruth daraufhin. »Und Herr Meier mimt noch immer den Stummen. Dass er unter Mordverdacht steht, scheint ihn überhaupt nicht zu tangieren.«

»Es braucht wahrscheinlich viel Einfühlungsvermögen und Kenntnis seiner besonderen Störung, um ihn zum Reden zu bringen«, mutmaßte Hagen.

Ruth nickte. »Aus diesem Grund habe ich mir vorhin ein paar Folgen der Serie angeschaut, die er so sehr liebt.« Sie zuckte mit den Schultern. »Ich kann allerdings nicht behaupten, dass ich dadurch besseren Zugang zu Mirko gefunden hätte.«

»Hatte Elvira Schleiter nicht angekündigt, dass sie nach Greetsiel kommen wollte?«, sagte Hagen daraufhin. »Wir sollten sie anrufen und fragen, ob sie sich bereits auf den ...«

Die Eingangstür schwang auf und eine gertenschlanke Frau mit kurzem, schwarzem Haar stöckelte auf ihren Pumps herein. Über ihre Schulter hing eine elegante Handtasche, deren Farbton raffiniert mit ihrem dunkelblauen Kostüm korrespondierte. Freundlich nickte sie Ruth und Hagen zu und trat dann vor den Tresen hin. Während sie sich in dem dahinterliegenden verwaisten Bereich umsah, wirkte sie leicht ungeduldig. Unwirsch wandte sie sich um.

»Ist hier denn kein Beamter zugegen?«, fragte sie. »Ich habe ein dringendes Anliegen.«

»Wer sind Sie, wenn ich fragen darf?«, erkundigte sich Hagen.

»Doktor Schleiter«, erhielt er zur Antwort. Die Frau musterte ihn von oben bis unten, und ihrem Gesichtsausdruck nach zu urteilen, gefiel ihr, was sie sah. »Und mit wem habe ich das Vergnügen?«

»Kommissar Hagen Reese.« Galant deutete er auf seine Chefin. »Und dies ist Hauptkommissarin Ruth Fasan.«

»Oh«, machte die Frau und lächelte dann verlegen. »Ich hatte Sie für Besucher gehalten.« Entschuldigend deutete sie um sich. »Wir stehen hier ja im Wartebereich, wissen Sie.«

»Warten brauchen wir ja nun nicht mehr«, erwiderte Ruth in aufgeräumter Stimmung. »Jetzt, da Sie endlich da sind.«

Die Ärztin furchte die Stirn. »Sie haben auf mich gewartet?«

»Mehr oder weniger.« Ruth deutete mit dem Daumen über ihre Schulter. »Wir wissen mit Mirko Meier nicht weiter. Seit wir ihn heute Nacht inhaftiert haben, spricht er kein Wort mit uns.«

»Sie … sie haben ihn in Gewahrsam genommen? War das denn wirklich nötig?«

Ruth forderte Hagen mit einem Kopfnicken auf, der Frau zu erzählen, was vorgefallen war. Kurz und knapp berichtete er daraufhin, was sich seit dem Telefonat mit der Ärztin in Bezug auf ihren Klienten zugetragen hatte.

Eine sorgenvolle Miene machte sich auf Elviras Gesicht breit, als sie hörte, dass Mirko wahrscheinlich den *Goldenen Scheinwerfer* aus dem Hotelzimmer von Katharine Selma gestohlen hatte. Sie zog die Unterlippe ein und kaute nervös darauf herum, als sie von dem Streit zwischen Katharine und Anne hörte, den Mirko mit seinem Smartphone aufgenommen hatte. Und als ihr die Umstände von Mirkos Verhaftung mitgeteilt wurden, glitt ihr die Handtasche von der Schulter.

»Ich muss mit Mirko reden – sofort!«, forderte sie, nachdem Hagen geendet hatte.

Ruth überlegte einen Moment. Da Elvira Schleiter die rechtliche Betreuung von Mirko Meier innehatte, gab es von ihrer Seite keine Bedenken, die Ärztin an dem Verhör teilnehmen zu lassen.

»Einverstanden«, sagte sie. »Aber zuerst werden wir unser gemeinsames Vorgehen absprechen.«

*

Mit einem Becher voll dampfenden Kaffee, den Ruth in der Teeküche zubereitet hatte, stand Elvira vor dem kleinen Sprossenfenster des Kommissariatsbüros und schaute sinnierend nach draußen. »Ich verstehe Mirkos Schweigen nicht«, sagte sie wie zu sich selbst. »Ein solches Verhalten hatte er zuletzt an den Tag gelegt, als er in unser Institut eingeliefert wurde. Es hatte Wochen gedauert, bis wir endlich sein Zutrauen gewonnen hatten und er ein paar Sätze über die Lippen brachte.«

Hagen, der an seinem Schreibtisch saß und am Computer arbeitete, hob kurz den Kopf. »Hatte er sich Ihnen gegenüber irgendwann zu seiner Tat geäußert?«, fragte er. »Laut Protokoll hatte Mirko während der Vernehmungen durch die Polizei und auch später während des Prozesses hartnäckig geschwiegen. Hätten die Indizien nicht so überzeugend gewirkt, wäre es weitaus komplizierter gewesen, ihn zu verurteilen.«

Elvira schüttelte den Kopf. »Mirko hat nie über die Mordnacht gesprochen. Und wir hielten es aus ärztlicher Sicht gesehen auch nicht für ratsam, ihn dazu zu drängen. Ein solches Vorgehen hätte dazu führen können, dass Mirko sich uns gegenüber verschließt.«

»Worüber haben Sie denn stattdessen geredet?«, wollte Ruth wissen, die die Ärztin die ganze Zeit über aufmerksam musterte.

Elvira lächelte feinsinnig. »Meist ging es um irgendwelche Folgen der Fernsehserie *Eine Landärztin trumpft auf.* Mirko reflektiert die Handlung der Episoden mit derselben Hingabe und Ernsthaftigkeit, mit der andere Leute Begebenheiten aus ihrem eigenen Leben behandeln. Es konnte ihn zu Tränen rühren, wie einfühlsam Tina Hopf mit ihren Patienten umging, und es machte ihn wütend, wenn ihr ein Unrecht angetan wurde.«

Ruth horchte auf. »Wie wütend hat ihn das gemacht?«

»Nicht so, wie Sie jetzt vielleicht vermuten«, beschwichtigte Elvira. »Sein Zorn erschöpfte sich in verbalen Äußerungen. Ich glaube, das lag auch daran, weil sich die Schwierigkeiten, mit denen die Landärztin zu kämpfen hatte, am Ende stets in Wohlgefallen auflösten. Es gab immer ein Happy End.«

»Mirko hat also ein obsessives Verhältnis zu dieser fiktiven Figur, die Katharine Selma in der Serie verkörpert«, resümierte Hagen ein wenig altklug.

»So könnte man es ausdrücken«, bestätigte die Ärztin. »Tina Hopf war und ist der Mittelpunkt seines Lebens.«

»Ein Happy End hatte sich im Streit zwischen Katharine und Anne in Mirkos Augen womöglich nicht abgezeichnet«, kam Ruth auf einen Punkt zu sprechen, der ihr wichtig erschien.

Elvira sah die Hauptkommissarin finster an. »Und darum tötete er die junge Schauspielerin. Wollen Sie das damit andeuten?«

Das Klingeln des Telefons verhinderte, dass Ruth auf die Frage der Ärztin eingehen konnte. Sie hob den Hörer ab, grüßte kurz und lauschte dann konzentriert den Worten ihres Gesprächspartners.

»Das war Max Engel, der Chef der Spurensicherung«, sagte sie, nachdem sie den Hörer aufgelegt hatte. »Die Taucher sind fündig geworden. Sie haben eine goldene Plastik, die einen Scheinwerfer darstellt, geborgen.«

»Katharine Selmas *Goldener Scheinwerfer*, der aus ihrem Hotelzimmer entwendet wurde!«, rief Hagen aus. »Mit dem wurde Thorsten Wohley erschlagen!«

Ruth nickte ernst. »Laut Herrn Engel haben sich blonde Haare in der Filmpreistrophäe verfangen – nebst Haarwurzeln und daran klebender Kopfhaut.«

Hagens Miene verfinsterte sich. »Die wahrscheinlich von Anne Jaffer, dem Mordopfer, stammen.«

Elvira schüttelte sich. »Wie entsetzlich. Die arme Frau!« Sie stellte den Kaffeebecher mit zitternder Hand auf die Fensterbank. »Dass Mirko zu einer so schlimmen Tat nach wie vor fähig sein könnte, fällt mir schwer zu glauben.« Niedergeschlagen starrte sie zu Boden. »Wahrscheinlich war es ein Fehler, ihn diese Arztserie weiterhin kucken zu lassen. Und Freigang hätten wir ihm auch nicht gewähren dürfen.«

»Jede Abweichung vom Muster dieser Serie bringt Mirko wahrscheinlich so sehr aus dem Gleichgewicht, dass er alles in seiner Macht Stehende tut, um diese Ungereimtheit aus der Welt zu schaffen«, urteilte Hagen.

Die Einschätzung ihres Partners beinhaltete Ruths Empfinden nach einen Widerspruch. »Was mich wundert, ist, warum Mirko Thorsten Wohley als Widersacher angesehen hatte«, sagte sie. »Tina Hopf hat in dieser Arztserie einen Ehemann. Und mit dem versteht sie sich ausgesprochen gut. Aus welchem Grund sollte Mirko also Katharines Ehemann töten wollen? Damit würde er in seiner Logik die Kontinuität der Serie und auch das Glück von Tina Hopf zerstören.« Elvira nickte überrascht. »Das ist eine interessante Auslegung.«

»Moment mal!« Hagen hob die Hand, als wollte er einen zu schnell fahrenden Autofahrer stoppen. »Wollen Sie etwa andeuten, dass Mirkos Tatmotiv im Mordfall Thorsten Wohley falsch eingeschätzt wurde?«

»Für Mirko besteht anscheinend eine Kausalität zwischen dieser Arztserie und dem wahren Leben«, führte Ruth aus, »ein zwingender Zusammenhang, den er nicht zu entwirren vermag, sodass er Fiktion und Realität schwer oder womöglich überhaupt nicht voneinander unterscheiden kann.«

»So in etwa lautet unsere Diagnose«, bestätigte Elvira.

Ruth vollführte eine laxe Geste. »Wenn Mirko wirklich so tickt, dann kann er Thorsten Wohley unmöglich umgebracht haben.«

Hagen ächzte. »Sie glauben also, er wurde zu Unrecht verurteilt?«

»Irgendwie drängt sich mir dieser Verdacht tatsächlich auf«, bestätigte Ruth.

Hagen warf Elvira einen fragenden Blick zu. »Haben Sie und Ihre Kollegen diesen Aspekt denn nie in Erwägung gezogen?«

Die Ärztin wiegte abwägend den Kopf. »Es kam uns nicht in den Sinn, das Gerichtsurteil infrage zu stellen. Also: Nein!«

»Wenn Mirko Thorsten Wohley nicht ermordet hat, wer sollte es denn sonst …« Hagen riss die Augen auf. »Katharine Selma etwa?«, fragte er entgeistert.

Ruth zuckte mit den Schultern, und weil ihr Computer in diesem Moment einen Rufton von sich gab, wandte sie sich der Tastatur zu. »Katharine Selma ist die Einzige, die sich zur Tatzeit ebenfalls in der Stadtvilla aufgehalten hat«, sagte sie, während sie eine Eingabe machte.

Elvira blickte konzentriert vor sich hin. »Das könnte Mirkos verbissenes Schweigen erklären«, sagte sie gedehnt. »Er konnte nichts sagen, weil das, was er in der Villa gesehen hatte, nicht sein durfte!«

»Dass Katharine Selma alias Tina Hopf ihren Ehemann mit dem *Goldenen Scheinwerfer* erschlägt?«, führte Hagen die Überlegung mit einer spöttischen Frage zu Ende. »Also … das geht mir jetzt zu weit. Sie stellen ja alles auf den Kopf. Und überhaupt: Was hat das alles mit unserem aktuellen Mordfall zu tun?«

»Wir versuchen, eine Grundlage für die bevorstehende Befragung von Mirko Meier zu finden«, erklärte Ruth ihrem Partner und ballte eine Faust, wobei ihr Blick nach wie vor auf den Bildschirm gerichtet war. »Wir müssen ihn zu packen kriegen, damit er den Mord an Anne Jaffer gesteht!«

»Sie gehen fest von seiner Schuld aus. Wo bleibt Ihre Unvoreingenommenheit?«, wunderte sich Hagen.

Ruth deutete auf den Monitor. »Gestern Nacht hatten wir den Kollegen aus Emden sämtliche Beweisstücke mitgegeben, die in der Segelyacht sichergestellt wurden, in der Mirko sich eingenistet hatte. Die Sachen sollten schnellstmöglich forensisch untersucht werden. Darunter befand sich auch Mirkos Kleidung.«

»Die Untersuchungsergebnisse liegen uns jetzt vor?«, vermutete Hagen.

»Sie sind vor wenigen Augenblicken in unserem elektronischen Postfach eingetroffen«, bestätigte Ruth. »Auf Herrn Meiers Parka wurde Blut sichergestellt. Es ist Anne Jaffers Blut, das hat Doktor Fixlmillner zweifelsfrei bewiesen.«

Hagen rieb sich den Nacken. »Er war es also tatsächlich. Mirko hat Anne erschlagen. Mit derselben Tatwaffe, mit der auch Thorsten Wohley ermordet wurde!«

»Die Indizien weisen eindeutig darauf hin«, bestätigte Ruth. »Aber damit gebe ich mich nicht zufrieden. Ich will, dass Mirko die ihm zur Last gelegte Tat diesmal gesteht. Zweifel an seiner Täterschaft, wie sie meines Erachtens jetzt im Mordfall Thorsten Wohley aufgekommen sind, werde ich nicht hinnehmen!«

Die Eingangstür der Wache schwang auf. Ruth, die die Verbindungstür des Büros hatte offen stehen lassen, beugte sich zur Seite, um einen Blick in den Besucherbereich zu werfen. Eine blonde Frau, die eine professionelle Fotokamera geschultert hatte, stand vor dem Tresen.

»Frau Pollak!«, rief Ruth der Reporterin zu. »Wir haben jetzt keine Zeit für die Presse. Kommen Sie später noch einmal wieder!«

Edna Pollak hielt einen Zettel empor. Es handelte sich um einen der Aufrufe, die Alice vergangene Nacht in Greetsiel verteilt hatte. »Ich komme deswegen!«, rief sie herüber.

Hagen setzte an, der Frau zu erklären, dass Mirko Meier vergangene Nacht gefasst wurde, aber Ruth unterband dieses Ansinnen mit einem strengen Blick.

»Dieser Bursche, den Sie suchen!«, rief Edna, »ich habe ihn vor ein paar Tagen gesehen – zusammen mit der Schauspielerin Katherine Selma!«

*

Elvira Schleiter blieb auf Ruths Anweisung hin im Büro zurück und schlürfte dort gedankenverloren an ihrem Kaffee. Ruth und Hagen aber hielten sich auf Alice' Seite des Empfangstresens auf und betrachteten das Display der Fotokamera, die Edna Pollak, die auf der anderen Seite des Tresens stand, in Händen hielt.

Zu sehen war ein hoher sakraler Raum mit Kirchenbänken, die von hüfthohen hölzernen Umfriedungen umgeben waren. Der mintgrüne Anstrich und die Kargheit des dargestellten Raumausschnitts ließen erkennen, dass es sich um die Greetsieler Kirche handelte. Katharine Selma stand im Mittelgang, und ihr gegenüber, im umschlossenen Bereich der Bänke, saß Mirko Meier. Katharine hielt Mirkos Hände; sie schien auf ihn einzureden. Dies ließen auch die anderen Aufnahmen dieser Fotostrecke vermuten.

»Diese Schnappschüsse habe ich draußen von einem Kirchenfenster aus gemacht«, erläuterte Edna. »War gar nicht so einfach, dort hinaufzugelangen. Aber zum Glück gibt es vor den Sprossenfenstern einen breiten Sims, auf dem ich es mir gemütlich machen konnte, während ich die Aufnahmen schoss.« Sie lächelte listig. »Ich bin zeitgleich mit dem Filmteam in Greetsiel eingetroffen«, holte sie dann etwas weiter aus. »Ich wollte unbedingt Fotos von Katharine Selma schießen. Denn die lässt sich kaum in der Öffentlichkeit blicken oder wird von ihren Kollegen abgeschirmt.« Die Reporterin deutete mit einem Kopfnicken auf die Kamera. »Am ersten Tag ihrer Ankunft aber hatte Frau Selma allein einen Abstecher in die hiesige Kirche unternommen. Ich heftete mich unbemerkt an ihre Fersen. Als sie in die Kirche verschwand, folgte ich ihr nicht, sonst wäre sie auf mich aufmerksam geworden. Stattdessen ging ich draußen in Stellung. Auf diese Weise gelangen mir ein paar Schnappschüsse. Bis vorhin, als ich Ihren Aufruf entdeckte, glaubte ich, dass diese Fotos nichts hergeben.« Sie lächelte geschäftstüchtig. »Aber da habe ich mich wohl getäuscht.«

»Diese Fotos sind also vor vier Tagen entstanden?«, vergewisserte sich Ruth noch einmal.

»So ist es«, bestätigte Edna.

Hagen zog die Augenbrauen zusammen. »Frau Selma wusste also die ganze Zeit, dass sich Mirko in Greetsiel aufhält.«

»Was sie uns verheimlicht und sie offenkundig auch nicht sonderlich beunruhigt hat«, ergänzte Ruth.

»Und dies, obwohl sie es mit dem verurteilten Mörder ihres Ehemannes zu tun hatte.« Hagen schüttelte sich. »Ihre Bedenken, was seine Täterschaft im Mordfall Thorsten Wohley betrifft, erscheinen mir immer plausibler, Ruth.«

Die Hauptkommissarin furchte verärgert die Stirn und wandte sich dann an die Reporterin. »Die letzte Bemerkung meines Partners haben Sie nicht gehört, verstanden. Ich wünsche nicht, dass Sie meine Zweifel in einem Artikel erwähnen!«

Edna setzte ein geschäftstüchtiges Lächeln auf. »Ich werde schweigen, wenn Sie mir versprechen, mir als Erste von den aktuellen Ermittlungserfolgen zu berichten.«

Ruth atmete tief durch. »Von *einem* Ermittlungserfolg«, sagte sie.

Edna zuckte mit den Schultern. »Einverstanden.«

Daraufhin stieß Ruth Hagen den Ellenbogen in die Rippen. »Bringen Sie Herrn Meier jetzt in den Verhörraum. Wir werden ihn uns vorknöpfen.«

Edna bekam große Augen. »Sie haben den Gesuchten bereits gefasst?«, wunderte sie sich.

Ruth lächelte frostig. »Nun wissen Sie über einen unserer aktuellen Ermittlungserfolge Bescheid. Damit sind wir quitt.«

»Aber …« Edna verstummte und machte ein wütendes Gesicht. »Sie haben mich reingelegt«, beschwerte sie sich.

Ruth nahm ihr die Kamera ab. »Die kriegen Sie später zurück. Und jetzt verlassen Sie bitte die Wache. Wir haben zu tun.«

*

Als Ruth und Elvira den Verhörraum betraten, hellte sich Mirkos Miene sichtlich auf. Sein Blick war allerdings auf die Ärztin fokussiert, während er Ruth genauso wenig wahrzunehmen schien wie Hagen, der neben der Tür an der Wand lehnte.

»Was machst du für Sachen?«, sagte Elvira in leidendem Tonfall, während sie gemeinsam mit Ruth dem Verdächtigen gegenüber am Tisch Platz nahm. Ruth schaltete das Aufnahmegerät ein, das Hagen vorbereitet hatte. »Wir hatten so gute Fortschritte erzielt. Und nun das!« Elvira deutete um sich.

Mirko sah beschämt zur Seite, gab aber keinen Laut von sich.

Ruth schob ihm ein Tablet über den Tisch zu und startete die Filmsequenz, die sie auf dem Gerät abgespeichert hatte. Auf dem Bildschirm kabbelten sich Katharine Selma und Anne Jaffer.

Eine Zornesader schwoll auf Mirkos Stirn an, während er die Szene verfolgte, die er mit seinem Smartphone heimlich aufgenommen hatte.

»Hat Anne deswegen den Tod verdient?«, fragte Ruth neutral. »Weil Sie Katharine gekränkt und wehgetan hat?«

Mirko ließ durch nichts erkennen, dass er die Frage überhaupt wahrgenommen hatte.

»Antworte!«, drängte Elvira. »Es sieht böse aus für dich. Es liegen Indizien vor, die vermuten lassen, dass du diese junge Frau getötet hast!«

Schweigend verfolgte Mirko das Geschehen auf dem Bildschirm des Tablets. Ruth nutzte die Gelegenheit und ließ mit ein paar Fingerwischern die Fotos erscheinen, die Edna Pollack vom Kirchenfenster aus geschossen hatte.

Mirko richtete sich kerzengerade auf seinem Stuhl auf. Ein seliger Ausdruck erschien auf seinem Gesicht. Die Fotos wechselten automatisch, sodass er den Blick davon nicht abwenden konnte.

»Tina hat sich offenbar auch gefreut, dich in dieser Kirche zu treffen«, merkte Elvira vorsichtig an, wobei sie absichtlich den Filmnamen der Schauspielerin verwendete.

Mirko nickte glückselig.

Ruth stoppte die Fotoshow und vergrößerte einen Ausschnitt des aktuellen Bildes, sodass nur noch Katharines Gesicht und das von Mirko zu sehen waren. Es war unschwer zu erkennen, dass die Schauspielerin etwas zu ihrem Gegenüber sagte; etwas, das diesen sichtbar froh stimmte.

»Lassen Sie uns an Ihrem Glück teilhaben«, forderte Ruth den Mann auf. »Verraten Sie uns, was Katharine Ihnen in der Kirche gesagt hat.«

»Sie hat ihren Schwur erneuert«, sagte Mirko zur Verblüffung aller Anwesenden.

»Was für einen Schwur?«, fragte Ruth unaufgeregt.

Mirkos Blick war nach wie vor auf das Tablet gerichtet. »Dass sie mich eines Tages heiraten wird«, sagte er selbstvergessen. »Ich wusste, dass sie in diese Kirche kommen wird. Das macht sie immer, wenn sie in eine Stadt kommt, die ihr fremd ist: Sie besucht ein Gotteshaus. Das steht so im Internet. Ich brauchte in der Greetsieler Kirche also nur auf sie zu warten.«

»Katharine hatte Ihnen schon einmal in Aussicht gestellt, dass sie Sie heiraten würde?«, hakte Ruth nach.

»Ja«, hauchte Mirko.

»Soviel ich weiß, sind Sie Katharine vor diesem Treffen in der Greetsieler Kirche nur ein einziges Mal persönlich begegnet. Die Zusammenkünfte im Gerichtssaal einmal ausgenommen. Ist das korrekt?«

»Genau.« Mirko schreckte zusammen, als würde ihm plötzlich bewusst, was er da gerade gesagt hatte und welche Schlussfolgerungen daraus gezogen werden konnten.

Elvira ächzte. »Sie hat dir versprochen, dich zu heiraten, als … als ihr Mann ermor… «

Ruth brachte die Frau mit einem herrischen Wink zum Schweigen. »Hat Katharine Selma Ihnen dieses Gelöbnis vor dem Tod ihres Mannes gegeben oder danach?«

Mirko furchte die Stirn, als wäre ihm gerade eine sehr dumme Frage gestellt worden. »Danach«, sagte er. »Vorher hatte sie mich doch noch gar nicht bemerkt.«

Ruth beschloss, aufs Ganze zu gehen. »Und was hat sie von Ihnen als Gegenleistung für ihr Vermählungsversprechen verlangt?«

»Das, was ich dann auch getan habe«, antworte Mirko und legte vielbedeutend den Zeigefinger auf seine Lippen.

»Zu schweigen?«, rief Hagen. »Warum sollte sie denn nicht wollen, dass Sie gestehen, Ihren Mann ermordet zu haben?«

»Im Fernsehen sagt Tina immer, man soll die Wahrheit sagen«, antwortete Mirko.

Ruth nickte verstehend. »Katharine begriff also, dass Sie für sie nicht lügen würden.«

»Und darum sollten Sie Stillschweigen darüber wahren, was sich im Schlafzimmer der Schauspielerin abgespielt hat?«, hakte Hagen nach.

Mirko sah zu dem Kommissar auf. »Darüber darf ich nicht sprechen«, sagte er eindringlich.

»Aus diesem Grund hast du nie ein Wort über den Mord an Thorsten Wohley fallenlassen?«, rief Elvira aufgebracht. »Weil diese Schauspielerin dir vorgemacht hat, dass sie dich heiraten würde, wenn du schweigst?«

Versonnen berührte Mirko Katharines Gesicht auf dem Bildschirm. »Sie wird mich heiraten, denn Tina lügt nie.«

»So viel zu unseren ausgeklügelten psychologischen Überlegungen«, merkte Hagen säuerlich an. »Die stimmten vorne und hinten nicht. Mirko hat aus einem anderen Grund den Mund nicht aufgemacht.«

»Aber dieses Gedankenspiel hat uns auf die richtige Spur geführt«, gab Ruth zurück. »Mirko Meier hat Thorsten Wohley wahrscheinlich nicht umgebracht.«

Ihr Gegenüber sah sie beunruhigt an.

»Was hatten Sie damals eigentlich in Katharines Villa zu suchen gehabt?«, wollte Ruth nun von ihm wissen.

»Ich … wollte ihr persönlich begegnen«, sagte Mirko, dem anzusehen war, dass die Situation ihn zu überfordern begann. »Ich musste Tina einmal in echt anschauen, nicht immer nur im Fernsehen!«

Hagen stieß einen ungläubigen Laut aus. »Wenn Sie recht haben, Ruth, dann … dann hat Mirko den Mord an Thorsten Wohley nur zufällig mit angesehen?«, fragte er entgeistert. »Er war einfach nur zur falschen Zeit am falschen Ort?«

Elvira sah ihren Patienten eindringlich an. »Hat Katharine Selma Thorsten Wohley mit dem *Goldenen Scheinwerfer* erschlagen?«, schrie sie ihn an. »Sag es!«

Mirko starrte störrisch vor sich hin, den Mund demonstrativ zugekniffen.

Die Ärztin warf sich auf ihrem Stuhl zurück und schüttelte resigniert den Kopf. »Er wird es uns nicht sagen«, resümierte sie frustriert. »Katharine Selma hat zu große Macht über ihn!«

Ruth hatte noch einen Trumpf im Ärmel. Erneut aktivierte sie die Filmsequenz des Zwistes zwischen Katharine Selma und Anne Jaffer. »Warum glauben Sie, dass es nicht verwerflich war, diese Frau zu töten?«, fragte sie und tippte dort mit dem Zeigefinger auf den Bildschirm, wo sich die Abbildung von Anne befand. »Warum meinten Sie, Anne Jaffer ermorden zu dürfen?«

»Weil ... weil Tina es auch so gemacht hätte!«, platzte es aus Mirko heraus. »Und was sie tut, das kann nicht schlecht sein. Einen Menschen mit dem Tode zu bestrafen, weil er schlimmes Unrecht getan hat, das ist manchmal vollkommen in Ordnung!«

Hagen stieß sich von der Wand ab. »Thorsten Wohley wollte sich von Katharine scheiden lassen, was für sie sehr kostspielig gewesen wäre!«, rief er. »Hatte Katharine ihn deshalb umgebracht?«

Mirko hielt sich krampfhaft den Mund zu.

»Sie haben Anne Jaffer also mit dem *Goldenen Scheinwerfer* erschlagen, weil Katharine Selma Jahre zuvor ebenfalls einen Menschen mit dieser Trophäe ermordet hat«, fasste Ruth zusammen. »Und dieses Verbrechen haben Sie mit ansehen müssen.«

Noch immer die Hand vor den Mund gepresst, nickte Mirko abgehakt. Und als würde ihm plötzlich bewusst, was er Anne angetan hatte, sammelten sich Tränen in seinen Augen. »Ja«, presste er kläglich zwischen seinen Fingern hervor.

Elvira wurde leichenblass im Gesicht. »Das kann doch alles nicht wahr sein!«, schrie sie hysterisch.

*

Zusammen mit Alice Bergmann stand Ruth Fasan vor der niedrigen Mauer, die entlang der Sielstraße verlief, und ließ sich von der Nachmittagssonne bescheinen. Von ihrer Position aus bot sich ein herrlicher Ausblick auf die am Pier festgemachten Krabbenkutter, insbesondere aber auf die *Garnell 1*, vor der gerade der letzte Dreh stattfand. Edna Pollak, die sich nur wenige Meter entfernt von den beiden Frauen aufhielt, hatte die Gelegenheit ebenfalls beim Schopfe gepackt und machte Fotos von den Dreharbeiten.

Katharine Selma beschimpfte soeben lauthals den Regisseur, weil sie mit der schauspielerischen Leistung der Frau, die die Rolle von Anne Jaffer übernommen hatte, ganz und gar nicht zufrieden war.

»Frau Selma und Herr Wohley wissen noch nichts von dem, was Sie und Hagen herausgefunden haben?«, fragte Alice die Hauptkommissarin.

Ruth schüttelte den Kopf. »Wir haben alle relevanten Unterlagen gerade erst zu unseren Kollegen nach Berlin geschickt. Die sind dafür zuständig, das Tötungsdelikt an Thorsten Wohley neu aufzurollen. Wir haben den Mord an Anne Jaffer aufgeklärt. Damit ist unser Teil der Arbeit vorerst getan.«

Alice rieb sich fröstelnd die Oberarme. »Glauben Sie, dass man Katharine Selma für den Mord an ihrem Ehemann drankriegen wird?«

»Ich hoffe es.« Ruth zuckte mit den Schultern. »Aber das liegt jetzt in den Händen der Berliner Kripo. Elvira Schleiter wird die Beamten bestmöglich unterstützen und dafür sorgen, dass Mirko kooperiert. Ich denke, dass er sein Schweigen gänzlich brechen wird, wenn ihm klar wird, dass Katharine nie vorgehabt hatte, ihn zu heiraten. Das wird ein hartes Stück Arbeit. Aber Frau Schleiter wird· das schon schaffen.«

»Weil Hagen und Sie gute Vorarbeit geleistet haben«, warf Alice ein.

Ruth deutete einladend zum Filmset hinunter. »Ich gehe jetzt runter, um den Beteiligten das eine oder andere mitzuteilen«, sagte sie. »Ich könnte bei dieser Gelegenheit ein Treffen zwischen Ihnen und Frau Selma arrangieren.«

Alice hob abwehrend die Hände und verzog säuerlich das Gesicht. »Danke, nein. Sie haben es tatsächlich geschafft, mir meine Begeisterung für diese Schauspielerin von Grund auf madig zu machen. Ich verspüre nicht das geringste Verlangen, mit dieser Frau ein gemeinsames Selfie aufzunehmen.«

»Dafür kann ich aber nichts«, empörte sich Ruth.

Alice nickte betrübt. »Nein, das ist allein Katharine Selmas Verdienst!«

Ostfrieslandkrimi-Empfehlungen
des Klarant Verlages

Kennen Sie auch schon die anderen Bände der Ostfrieslandkrimi-Serie **»Polizei Greetsiel ermittelt«** von Jan Olsen?

»Die Leiche im Watt«, Band 1
Taschenbuch-ISBN: 978-3-96586-460-3
eBook-ISBN: 978-3-96586-386-6

Eine Leiche im Watt!
Wer ist der Tote mit dem blau-weiß gestreiften Hemd, der ermordet im Schlick liegt? Die Identität des Mannes zu ermitteln, gelingt den neuen Greetsieler Kommissaren Ruth Fasan und Hagen Reese schnell, denn das Boot des Fischers Christian Hellmann ist nicht von der Fangfahrt in dieser Nacht zurückgekehrt. Der tote Fischer galt als störrischer Eigenbrötler, der mit seiner Art manchmal aneckte, aber reicht das für ein Mordmotiv?
  Nach und nach finden die Greetsieler Ermittler heraus, dass mehrere Personen im Umfeld des Opfers offenbar einiges zu verbergen haben. Vorwürfe des illegalen Fischfangs stehen im Raum, und auch Christian Hellmanns Verhältnis zu seinem Bruder wirft Fragen auf. Hat eine ungerechte Verteilung der Erbschaft zur Eskalation zwischen den Brüdern geführt? Mysteriös ist auch der Umstand, dass die Polizei erst durch ein Video auf die Leiche aufmerksam wurde. Und aus irgendeinem Grund wollte jemand, dass die Ermittler genau wissen, wo sich das Opfer befindet …

»Die Leiche im Deichhaus«, Band 2
Taschenbuch-ISBN: 978-3-96586-526-6
eBook-ISBN: 978-3-96586-527-3

»Die Leiche mit dem Teelikör«, Band 3
Taschenbuch-ISBN: 978-3-96586-571-6
eBook-ISBN: 978-3-96586-572-3

»Die Leiche im Meer«, Band 4
Taschenbuch-ISBN: 978-3-96586-622-5
eBook-ISBN: 978-3-96586-623-2

»Die Leiche im Schlick«, Band 5
Taschenbuch-ISBN: 978-3-96586-669-0
eBook-ISBN: 978-3-96586-670-6

»Die Leiche im Sieltief«, Band 6
Taschenbuch-ISBN: 978-3-96586-715-4
eBook-ISBN: 978-3-96586-716-1

»Die Leiche auf dem Gulfhof«, Band 7
Taschenbuch-ISBN: 978-3-96586-774-1
eBook-ISBN: 978-3-96586-775-8

»Die Leiche auf dem Krabbenkutter«, Band 8
Taschenbuch-ISBN: 978-3-96586-827-4
eBook-ISBN: 978-3-96586-828-1

Klarant Verlag

Lernen Sie die Ostfrieslandkrimi-Titel des Klarant Verlages kennen und besuchen Sie uns im Internet unter:

www.ostfrieslandkrimi.de

und

www.klarant.de

Sie können dort Näheres über unsere Autorinnen und Autoren erfahren, viele weitere interessante Bücher und eBooks finden und Leseproben herunterladen. Mit dem kostenlosen Newsletter auf

www.ostfrieslandkrimi-lesen.de

erhalten Sie aktuelle Informationen rund um das Verlagsprogramm, wie beispielsweise spannende Neuerscheinungen und Gewinnspiele.